U0062647

Капитанская Дочка

上尉的女儿

［俄］普希金——著

力冈——译

作家出版社

目录

第一章 近卫军中士

"他要是进近卫军，明天就是上尉。"

"那不应该；要让他到行伍中当当兵。"

"说得好！就让他受点儿折腾……

不过，他的父亲是什么人？"

——克尼亚什宁 [①]

我父亲安得列·彼得罗维奇·格里尼约夫年轻时在米宁赫伯爵麾下服役，17** 年以中校衔退伍。从那时起，他就在自己的辛比尔村住下来，在那里娶了当地一个穷贵族的女儿阿芙道济娅·瓦西里耶芙娜·尤为妻。我们兄弟姐妹总共有

[①] 克尼亚什宁（1742—1791），俄国戏剧家。上文引自他的喜剧《牛皮大王》。

九个。我所有的兄弟姐妹都在很小的时候就死了。

我还在娘胎里的时候，就承蒙我家近亲近卫军少校Б公爵的关照，被编入谢苗诺夫团，成为一名中士。万一不幸母亲生下一个女儿，那父亲只要到有关的部门去说明一下这个不曾出现的中士已死，也就行了。我算是休假，直到学业期满。那时候我们受教育和现在不同。从五岁起，就把我交给了马夫萨维里奇，因为他不喝酒，就让他照管我。在他的照管下，我十二岁学会读书识字，并且能准确地判断狗的特性。就在这时候，父亲给我雇了一个法国人鲍普勒先生，他是跟我们从莫斯科订购的一年食用的葡萄酒和橄榄油一道来的。他一来，萨维里奇很不高兴。"感谢上帝，这孩子梳洗吃饭都有人照应得好好的了，"他嘀咕说，"干吗乱花钱雇一个外国佬，好像自家人都不行了！"

鲍普勒在他们国内是个理发师，后来在普鲁士当过兵，然后就到俄国来当教师[①]，虽然他还不怎么明白当教师是怎样一回事儿。他是一个大好人，但是却非常轻浮放荡。他的最大毛病是迷恋女色；常常因为多情被人家赶走，因此整日价

————————

① 原文为法文。

唉声叹气。此外，他也（照他的说法）不和酒瓶作对，也就是（照俄国人的说法）喜欢多喝几杯。但是因为在我家午餐时才上葡萄酒，而且每人只给小杯，斟酒时还常常把教师漏掉，这样一来，我那位鲍普勒很快就习惯了俄国的果子酒，甚至认为这比他们法国的葡萄酒好，对于胃更是好得不得了。我们很快就要好起来。虽然按照合同他应该教我法语、德语和各门功课，可是他觉得还不如匆匆跟我胡乱学几句俄语，然后就各干各的事情。我们过得亲亲热热的。我再不希望有别的老师了。可是不久命运就把我们拆散了，是因为这样一回事儿：

麻脸的胖洗衣女仆帕拉什卡和独眼的挤奶女仆阿库利卡有一天约好了同时跪倒在我母亲面前，一面责怪自己经不住诱惑，一面哭诉法国先生利用她们年轻无知勾引她们。母亲很看重这事儿，就告诉了父亲。父亲立即查处。他当即吩咐把法国流氓叫来。仆人报告说，法国先生在给我上课。父亲就朝我房里走来。这时鲍普勒正在床上呼呼大睡。我正在忙活着。应当交代一件事：家人从莫斯科给我买来了一张地图。地图挂在墙上，一点用处也没有。这地图纸又大又好，我早就看中了。我打定主意用这地图做个风筝，就趁鲍普勒睡觉的机会动手了。父亲进门的时候，我正在把一条韧皮尾巴往好望角上安。父亲一看到我做的地理功课，揪了揪我的耳朵，然后就朝鲍普勒奔去，很不客气地把他叫醒，劈头盖脸地大骂一通。鲍普勒慌乱中就想爬起来，却爬不起来；这个倒霉的法国人醉得跟死人一样了。这点那点，归结为一点。父亲抓住他的衣领，把他从床上拉起来，推出门外，当天就把他赶走了，这使萨维里奇说不出的高兴。我受的教育到此也就结束了。

我浑浑噩噩地过着，放放鸽子，和仆人的孩子们做做游戏。就这样我过了十六岁。这时我的命运发生了变化。

秋季里有一天，母亲在客厅里熬蜜果酱，我舔着嘴唇，望着沸腾的泡沫。父亲在窗前阅读他年年都收到的《皇家年鉴》。这本书总是对他有极大的影响：他从来不是平心静气地读，一读起来，就要大动肝火。母亲对他的秉性和习气了解得十分透彻，总是尽可能把这本倒霉的书藏得远远的，所以父亲有时一连几个月都见不到这本《皇家年鉴》。可是，他一旦找到了，就会一连几个钟头不放手。这一天，他就是在读《皇家年鉴》，不时地耸耸肩膀，还小声嘟哝着："陆军中将哩！……当年他在我的连里还是一名中士呢！……还得了两颗俄罗斯勋章哩！……这才有多久呀……"终于父亲把年鉴扔到沙发上，沉思起来，这样的沉思不是什么好兆头。

忽然，他转身问母亲："阿芙道济娅·瓦西里耶芙娜，彼得这孩子几岁啦？"

"哦，虚岁十七了，"母亲回答说，"彼得这孩子是在娜斯塔霞·盖拉西莫芙娜姑姑瞎了一只眼那年生的，那时候还……"

"好啦，"父亲打断她的话说，"该让他去当兵了。不能让他天天在丫头们房里钻来钻去，天天爬鸽子笼了。"

母亲一想到我很快就要离开她，吓愣了，她手里的勺子掉到锅子里，眼泪扑簌簌从脸上往下流。我却相反，说不出有多么高兴。我一想到当兵服役，立刻联想到的是自由自在，是彼得堡生活的快乐。我想象自己成了一名近卫军军官，在我心目中，这是人类幸福的顶峰。

父亲既不喜欢改变主意，也不喜欢拖着不办。我出门的日子一下子就定下来。在我动身的前一天，父亲说要写一封信让带给未来的长官，吩咐把笔和纸拿来。

"安得列·彼得罗维奇，"母亲说，"你别忘了，也替我向Б公爵问候，就说我希望他多多关照我家彼得。"

"你胡扯什么！"父亲皱着眉头回答说，"我干吗要给Б公爵写信？"

"你不是说要写信给彼得的长官吗？"

"是啊，那又怎么样？"

"彼得的长官就是Б公爵嘛。彼得本来就是登记在谢苗诺夫团里的呀。"

"登记是登记！我才不管他登记不登记哩！我家彼得不去彼得堡。在彼得堡服役，他能学到什么？只能学会挥霍和浪荡。休想！还是让他到行伍里去干干，吃点苦，闻闻火药味，去当当兵，而不是当二流子。在近卫军里登记过呢！他的证件在哪里？你拿给我看看！"

我的证件和我洗礼时穿的小褂一起放在她的小匣子里，母亲找出来，用打颤的手递给父亲。父亲仔细看了看，放到面前的桌上，就写起信来。

我摸不清是怎么一回事儿，心里七上八下：要是不让我去彼得堡，又让我到哪里去呢？我目不转睛地注视着爸爸那支移动得相当慢的笔。终于他写完了，把信和证件装到一个信封里，摘下眼镜，把我叫到跟前，说："你把这封信带给安得列·卡尔洛维奇·Ρ，他是我的老同事和老朋友。你到奥伦堡去，就在他麾下当兵。"

就这样，我的一切憧憬全成了泡影！不是要到彼得堡去过快活日子，而是要到荒凉而遥远的地方去过枯燥乏味的生活。一分钟之前我还欢天喜地地想象着的服役，一下子成了无法忍受的灾难。但是，没有什么好争辩的。第二天早晨，一辆带篷的旅行马车来到台阶前；仆人把我的箱子和带茶具的食品箱子装上去，又装上一包包的白面包和馅饼，这是家里人溺爱的最后标志。父母亲给我祝了福。父亲对我说："再见吧，彼得。你向谁宣誓，就竭诚为谁效力；要服从长官；不要逢迎讨好；遇事不强求，也不推诿；要记住一句老话：爱惜衣裳须趁新，爱惜名声须趁小。"母亲含着泪水一再叮咛我爱护自己的身体，叮嘱萨维里奇好好照应孩子。给我穿上兔皮袄，外面又穿上狐皮大衣。我流着眼泪和萨维里奇一起上了马车，就动身了。

我们当天夜里就来到辛比尔斯克，要在这里停留一昼夜，买一些必需的东西，这也是向萨维里奇交代过的。我在一家旅店里住下来。萨维里奇一早就出去买东西。从窗口看那条肮脏的小胡同看腻了，我就到各个房间里去走走。走进弹子房，我看到一位高高的先生，三十五岁光景，长长的黑胡子，穿着晨衣，手拿球杆，嘴里叼着烟斗。他在和记分员打台球，记分员赢了可以喝一杯伏特加，输了就得从球台下面爬过去。我看他们玩起来。越玩下去，记分员爬的次数越多，直到最后他在球台下面爬不动了才罢休。那位先生像致悼词似的说了几句挖苦话，就邀我和他一起打。我因为不会打，就谢绝了。看样子，他觉得这很奇怪。他看了看我，似乎流露出很可惜的意味；不过我们就聊了起来。我得知，他叫伊凡·伊凡诺维奇·祖林，是骠骑兵团的一名上尉，在辛比尔斯克招募新兵，住在这家旅店里。祖林请我和他一起吃顿饭，就像在军营里一样，有什么吃什么。我很痛快地答应了。我们就坐下来吃饭。祖林喝得很多，也劝我多喝，说是应该习惯军队生活。他给我讲了一些军队里的笑话，使我差点儿笑破肚皮。等我们离开饭桌的时候，已经成为好朋友了。这时他自动提出要教我打台球。"这在我们当兵的人来说，是必不可少的，"他说，"比如，你随军来到什么地方，有什么事儿好干呢？要知道，并不是天天有犹太佬可打。只能到旅店里去打打台球，因此，必须学会打台球！"我听信了这话，就很带劲儿地学了起来。祖林大声给我打气，对于我的飞快进步一再表示赞赏，而且在学着打了几局之后，他就提议和我赌钱，每次赌一个戈比，不是为了输赢，而是为了不空打，据他说，空打是最坏的习惯。我也同意了这一点。于是祖林就吩咐把潘趣酒拿来，劝我尝尝，并且一再地说，我应该习惯习惯军人生活；不喝潘趣酒，算什么军人！我也听从了他这话。同时我们一直在打着台球。我喝酒越多，胆子越大。我的球老是飞出界外；我发火，骂记分员，天知道他是怎样记分的，我下的赌注越来越大，一句话，我的所作所为就像一个没有了管束的孩子。而且时间不知不觉地过去。祖林看了看表，把球杆放下，就对我声明说，我输了一百卢布。这使我有些发慌。我的钱都在萨维里奇手里。我表示歉意。祖林打断我的话说："得了吧！不过也不用着急。我倒是可以等一等，现在咱们就到阿林努什卡那儿去吧。"

有什么可说的呢？这天下午我像上午一样过得无拘无束。我们在阿林努什卡那儿吃的晚饭。祖林不住地给我斟酒，一再地说，应该习惯习惯军人生活。吃完了饭，我两腿站都站不住了；半夜里，祖林用车把我送回旅店。

萨维里奇在大门口迎住我们。他一看到我这种热心军务的明显特征，就"啊呀"了一声。"少爷，你这是怎么啦？"

他用抱怨的语气说，"你这是在哪儿喝醉的？我的天呀！从来还没有过这种造孽的事呢！""住嘴，老东西！"我结结巴巴地回答他说，"大概是你自己喝醉了，睡觉去吧……扶我到床上去。"

第二天我醒来，头很疼，模模糊糊回想起昨天的事情。萨维里奇端茶走进来，打断了我的思绪。"彼得·安得列伊奇，"他摇着头对我说，"你现在就过起花天酒地的日子，太早了。你像谁呀？你父亲、你祖父都不是酒徒；你母亲更不用说了：她除了克瓦斯，什么也不喝。这一切都怪谁？就怪那个该死的法国先生。他动不动就跑去找安季皮耶芙娜：'太太，热乌普里，伏特加。'这就是你热乌普里！不用说，就是那个狗崽子教唆的好事。偏偏要雇一个异教徒来照料孩子，好像自己府上的人都不顶用了！"

我很不好意思，就扭过脸去，并且对他说："你去吧，萨维里奇；我不要茶。"可是，萨维里奇一旦数落起来，就很难叫他停住。"你瞧，彼得·安得列伊奇，喝酒有什么好处。又头疼，又倒胃口。人一喝上酒，就什么事也干不成了……你就喝点儿掺蜂蜜的腌黄瓜汁儿吧，不过最好还是喝半杯露酒解解酒。好不好？"

就在这时候有一个男孩子走进来，交给我一张祖林写的便条。我打开便条，看到上面写的是：

亲爱的彼得·安得列伊奇，请将昨天你输给我的一百卢布交给我的小厮带回。我急需用钱。

随时听候吩咐的

伊凡·祖林

没有办法。我装出若无其事的样子，转身对萨维里奇，因为他又照管我的钱财、衣物，又照管我的种种事务①，吩咐他拿出一百卢布交给这小厮。"怎么啦！为什么呀？"萨维里奇吃惊地问道。"是我欠他的，"我尽可能冷淡地回答说。"你欠他的！"越发吃惊的萨维里奇顶撞说："少爷，你什么时候借过他的债？这事儿有点不对头。你想怎样就怎样好啦，少爷，钱我可是不给。"

我心想，要是在这关键时刻拗不过这个倔老头子，那以后我就休想摆脱他的管束了，于是我高傲地看了他一眼，

---

① 这一句引自冯维辛的诗《给我的仆人舒米洛夫、凡尔和彼特鲁沙的信》。

说："我是你的主人，你是我的仆人。钱是我的。我输了钱，因为我高兴输。我劝你不要自作聪明，叫你怎么办，你就怎么办。"

萨维里奇听了我的话，十分吃惊，举起两手一拍，就站在那儿愣住了。"你站在那儿干什么？"我怒喝道。萨维里奇哭了起来。"彼得·安得列伊奇，我的爷呀，"他用打哆嗦的声音说，"不要让我伤心吧。我的好少爷呀！你就听我老头子的话：给那个强盗写个字条，就说你是闹着玩的，我们没有这么多闲钱。一百卢布呢！我的上帝呀！就说父母从来不准你赌博，除非赌赌核桃……""别胡说了，"我厉声打断他的话说，"把钱拿来，不然我掐着脖子把你赶出去。"

萨维里奇带着十分痛心的神气看了我一眼，就去拿钱给我还债。我很替这可怜的老头子难过；但我想摆脱他的管束，证明我已经不是小孩子。欠祖林的钱付清了。萨维里奇赶紧带我离开这家倒霉的旅店。他走来告诉我，车马已经备好。我就带着良心有愧和无言的悔恨心情离开了辛比尔斯克，没有向我那位老师告别，也不想今后什么时候再和他见面。

第二章　领路人

异乡呀，异乡，

可爱的地方！

不是我自己来到这里，

也不是骏马送我来的：

是少年的胆量和朝气，

是酒店里的美酒，

将我带到遥远的异地。

——古歌

我一路上左思右想，很不愉快。我输的钱，按当时的价值来说，是不小的数目。我在心里不能不承认，我在辛比尔斯克旅店里的所作所为是愚蠢的，觉得自己很对不起萨维里奇。这一切都使我很难过。老头子闷闷不乐地坐在驭座上，背对着我，默默无语，只是偶尔干咳一两声。我很想同他和好，但不知从何说起。终于我对他说："好啦，好啦，萨维里奇！算了，咱们和好吧，怪我不好；我看出来，是我不好。我昨天很不像话，不应该让你生气。我今后为人做事一定要通情理，一定要听你的话。好啦，别生气了；咱们和好吧。"

"唉，彼得·安得列伊奇，我的爷呀！"他深深地叹着气回答说，"我生气是气我自己，都怪我不好。我怎么能把你一个人丢在旅店里呀！这算什么？是我一时鬼迷心窍，要去看教堂执事的老婆，见见这位女教亲。结果就像常言说的：去看女教亲，就把监牢蹲。大祸，真是大祸！……我怎么有脸回去见老爷和夫人呀？他们要是听说孩子在外面喝酒赌钱，会怎么说呢？"

为了安慰可怜的萨维里奇，我向他发誓，今后不经他同意决不乱花一个戈比。他的心情渐渐平静下来，尽管偶尔地还摇着头嘟哝两句："一百卢布呀！还得了吗？"

我快要到达目的地了。四周围是辽阔的荒原，沟壑纵横，山峦交错。到处是冰雪。太阳就要落山了。我的马车顺着一条狭窄的小路，确切地说，是顺着庄稼人的雪橇留下的印子前进着。突然车夫朝一边注视起来，末了，摘下帽子，转过头来，对我说："少爷，你看，咱们是不是转回去？"

"为什么？"

"天气靠不住：起风了。你看，风把地上的雪都刮起来了。"

"这有什么不得了的！"

"你看那儿是什么？"车夫用鞭子指了指东方。

"我什么也没看见，只看到白茫茫的原野和晴朗的天空。"

"你看，你看，那儿有一小片云。"

我看到天边真的有一小片白云，乍一看我还以为那是远处的山峦。车夫对我解释说，那片白云预示暴风雪要来了。

我听说过这地方的暴风雪，知道暴风雪能够把一队队的大车埋掉。萨维里奇赞同车夫的意见，主张转回去。但我觉得这风不大；我希望在暴风雪到来之前赶到下一站，就吩咐把车赶快些。

车夫赶着车飞奔起来；但还是一直注视着东方。几匹马跑得很欢。这时候风越刮越大了。那片白云变成一片灰白色的阴云，沉甸甸地往上升，越来越大，渐渐把天空遮住。下起了小雪，一会儿就落起鹅毛大雪。风怒吼起来；暴风雪来了。霎时间黑沉沉的天空便和白茫茫的雪海混成一片。什么都看不见了。"哎呀，少爷，"车夫叫起来，"糟了，暴风雪来了！"

我从车窗里往外一看，只见天昏地暗，风雪狂舞。那风带着愤怒的腔调狂叫，好像是一头凶猛的野兽；我和萨维里奇身上盖了厚厚的一层雪；几匹马慢慢走着，不一会儿就站住不动了。"你怎么不赶着车走呀？"我焦急地问车夫。"怎么走呀？"车夫说着，从驭座上跳下来，"不知道往哪里走：没有路，又是一团漆黑。"我正要骂他，萨维里奇却替他说话了。"怪只怪你不听人劝，"他生气地说，"要是回到旅店里去，喝喝茶，好好地睡上一夜，暴风雪就过去了，咱们就可以继续赶路了。咱们急什么呀？又不是赶着去吃喜酒！"萨维里奇说得对。毫无办法。大雪一个劲儿地下着。马车旁边的雪越堆越高。几匹马都站着，耷拉着头，偶尔打几下哆嗦。车夫在周围走来走去，因为无事可干，不时调理调理皮套。萨维里奇嘟哝着；我朝四处打量着，希望能看到哪怕一点点人家或道路的痕迹，可是除了黑乎乎的旋转飞舞的暴风雪，什么也看不见……忽然我看到一个黑黑的东西。"喂，赶车的！"我叫起来，"你看：那儿有一个黑黑的东西是什么？"

车夫凝神看了看。"少爷，天知道那是什么东西，"他说着，坐到自己的位子上，"车不像车，树不像树，好像还在动呢。看样子，要么是一只狼，要么是一个人。"

我吩咐把车朝那个不明的东西赶去，那东西立即也朝我们这儿移动了。过了两分钟，一个人就来到我们跟前。

"喂，大哥！"车夫对那人叫道，"请问，你可知道，路在哪儿？"

"路就在这儿，我站的就是硬实的地方，"那个行路人回答说，"可这有什么用？"

"你听我说，老乡，"我对他说，"这地方你熟悉吗？你能不能带我去找个住宿的地方？"

"这地方我熟悉，"行路人回答说，"好在这地方横的竖的远远近近我都走遍了。不过，你看，这是什么天气呀，很容易迷路的。最好还是在这儿等一等，也许风雪会停下来，天会放晴，那时候我们就可以看看天上的星星找到路了。"

他的冷静使我提起了精神。我已经决定听天由命，就在荒野里过夜了，行路人却一下子很敏捷地爬上驭座，对车夫说："好啦，谢天谢地，不远处有人家；往右拐，走吧。"

"为什么要朝右边走？"车夫不高兴地问道，"你看到哪儿有路？马不是你的，皮套也不是你的，拼命赶吧，使坏了你不心疼，是吗？"我觉得车夫的话有道理。"真的，"我说，"你怎么知道不远处有人家呢？""因为风是从那边吹来的，"行路人回答说，"我闻到有烟味儿，可见不远处有村子。"他的机智和灵敏使我吃惊。我叫车夫赶车走。几匹马在很深的雪里吃力地走着。马车慢慢移动着，一会儿钻进雪堆，一会儿陷进冲沟，一会儿向左倒，一会儿朝右歪。这很像一条船在波涛汹涌的大海上航行。萨维里奇唉声叹气，他的身子不时撞在我身上。我放下车篷，裹紧大衣，风雪的啸声和缓缓行进的马车的颠簸，使我昏昏欲睡，我打起盹来。

我做了一个梦，这个梦是我永远忘不了的，而且直到现在，每当我把一生中的奇遇和这个梦联系起来思索的时候，就觉得这个梦是一种预兆。读者一定会原谅我，因为读者凭切身体验想必会知道，一个人不管多么蔑视迷信，总是很容易陷于迷信的。

我当时的感觉和心情处于这样一种状态：现实渐渐让位于幻想，在迷迷糊糊的初睡时的梦幻中，现实与幻想交织在一起。我觉得，暴风雪还在逞凶，我们在风雪狂啸的荒野里仍然走投无路……忽然我看到了大门，我们的马车进入我家庄园的宅院。我的第一个念头就是担心父亲会因为我无意中返回家园大发雷霆，以为我是有意违抗父命。我忐忑不安地跳下马车，就看到妈妈带着悲痛欲绝的神情在台阶上迎接我。"轻点儿，"她对我说，"父亲病得要死了，他想最后见你一面。"我吓慌了，就跟着她朝卧室里走去。我看到房里灯光幽暗；站在床前的人都哭丧着脸。我轻轻走到床前；妈妈撩了撩帐子，说："安得列·彼得罗维奇，彼得鲁沙来了；他是听说你生病回来的；你给他祝福吧。"我跪下来，凝神去看病人。究竟怎么啦？……我看到床上躺着的并不是我的父亲，而是一个黑胡子庄稼汉，那汉子快快活活地瞧着我。我大惑不解地朝妈妈转过头去，对她说："这是怎么一回事儿呀？这不是我爹。我干吗要请一个庄稼汉为我祝福？""反正都一样，彼得鲁沙，"妈妈回答我说，"这是男主婚人；你吻他的手，让他为你祝福吧……"我不肯。于是那汉子从床上跳起来，从背后抓起一把斧头，挥舞起来。我想跑……却跑不掉。房里堆满了死尸；我在死尸堆里跌跌撞撞，在血泊中滑来滑去……那个可怕的大汉亲热地呼唤着我，对我说："不要怕，过来，让我为你祝福……"我又害怕，又困惑不解……就在这时候，我醒了；马车停住了；萨维里奇扯了扯我的手，说："下车吧，少爷，到了。"

"来到哪儿了？"我揉着眼睛问。

"来到客栈了。上帝保佑，我们的车抵到围墙了。下车吧，少爷，快点儿去暖和暖和吧！"

我下了车。暴风雪还没有停，虽然不那么猛烈了。天黑得伸手不见五指。店主在大门口门帘下提着灯笼迎接我们，把我们带进一间狭小，然而很干净的客房；房里点着松明。墙上挂着一杆枪和一顶高高的哥萨克帽。

店主是亚伊克河流域的哥萨克，看样子像个六十岁上下的庄稼汉，精力还很充沛。萨维里奇提着食品箱子跟我走进来，要店家生火烧茶，我从来没有像现在这样想喝茶。店主张罗去了。

"那个领路人在哪儿？"我问萨维里奇。

"在这儿，先生，"上面有一个声音回答我。我抬头朝高板床上一看，就看到一部黑黑的大胡子和两只亮闪闪的眼睛。"怎么样，大哥，冻坏了吧？""只穿一件破褂子，怎么会不冻坏呀？本来有一件皮袄，说来不怕见笑，昨天押给酒店老板了，我以为天不会怎么冷呢。"这时候店主端着烧滚的茶炊走了进来。我就请领路人也来喝杯茶。那汉子便从高板床上爬了下来。我觉得这人仪表不俗：他有四十岁上下，中等身材，瘦瘦的，肩膀宽宽的。他的黑胡子当中有少许已经灰白；灵活的大眼睛不停地转动着。他的脸上有一种非常愉快，然而狡黠的表情。他的头发剪成一个圆圈，身穿一件破旧的褂子和一条鞑靼式灯笼裤。我端给他一杯茶；他尝了一口，便皱起眉头："先生，您就行行好，叫人给我来杯酒吧；茶不是我们哥萨克喝的东西。"我高高兴兴地满足了他的心意。店主从酒柜里拿出一瓶酒和一个杯子，走到他跟前，瞧着他的脸，说：""哎呀，你又到我们这地方来啦！是什么风把你吹来的？"我的领路人意味深长地眨眨眼睛，用一句谚语回答说："鸟儿飞到菜园里，把大麻啄；老婆子拿石头打，没打着。噢，你们怎么样？"

"我们会怎么样呢！'"店主也用隐语回答，"本想撞晚祷的钟，神父娘子不答应；神父做客去，小鬼在坟地。"

"算了吧，大叔，"我的领路人反驳说，"天下雨，就会有蘑菇；有蘑菇，就会有篮子。可是现在（这时他又眨眨眼睛）把斧子藏到背后吧：管林人来了。先生！为您的健康干一杯！"他说着，端起酒杯，画了一个十字，便一饮而尽。然后，他向我鞠了一个躬，又回到高板床上。

那时候我一点儿也不理解他们这番黑话谈的是什么，但后来我猜到他们谈的是在1772年叛乱之后当时刚刚遭到镇压的哥萨克大军的事。萨维里奇很不满意地听着。他带着怀疑的神气一会儿看看店主，一会儿看看领路人。这家客栈，或者按当地的说法，这家车店，设在这样的草原荒野上，远离一切村庄，太像强盗窝了。但是毫无办法。继续赶路那是连想也休想的。我看到萨维里奇惶惶不安，倒是觉得很开心。这时我已准备就寝，在板床上躺了下来。萨维里奇拿定主意就睡在炕上；店主睡在地板上。不一会儿，屋子里的人都打起鼾来，我也睡得像个死人一样了。

第二天早晨，我很迟才醒来，看到暴风雪已经停息了。太阳出来了。一望无际的原野上铺了白得耀眼的一层雪。马已经套好了。我和店主结了账，收的房金很公道，就连萨维里奇也没有和他争执，没有像往常一样讨价还价，他昨天的怀疑也消失得一干二净。我把领路人叫过来，感谢他的帮忙，吩咐萨维里奇给他半卢布酒钱。萨维里奇皱起眉头。"半卢布酒钱！"他说，"为什么？就为了你用车把他带到客栈来？随你的便吧，少爷，反正咱们没有那么多闲钱。见到什么人都要给酒钱，那咱们自己很快就要饿肚子。"我不能跟萨维里奇争执了。我已经答应过，钱由他掌握。然而我还是感到十分遗憾，因为不能对这个人表示一点谢意，即使不说这个人把我从灾难中解救出来，至少也是帮我摆脱了很不愉快的困境。"那好吧，"我冷静地说，"你既然不肯给半个卢布，那就把我的衣服随便拿一件给他。他穿得太单薄了。就把我的兔皮袄给他吧。"

"得了吧，我的爷彼得·安得列伊奇呀！"萨维里奇说，"干吗要把你的兔皮袄给他呀？这狗东西一到酒店就会换酒喝掉。"

"老头子，我会不会换酒喝掉，这不是你操心的事，"我的领路人说，"少爷要把他的皮袄赏给我，这是他少爷的心意，你当奴才的只能遵命，没什么好争辩的。"

"强盗，你不怕上帝了！"萨维里奇气呼呼地回答他说，"你看到这孩子还不懂事，就巴不得把他的东西抢光，因为他天真无知嘛。你要少爷的皮袄干什么？你那强盗肩膀那样宽，这皮袄连套都套不上。"

"请你不要自作聪明，"我对我的老仆说，"快把皮袄拿来。"

"我的上帝呀！"萨维里奇难受地叫道，"兔皮袄差不多还是崭新的呀！给别的什么人倒也罢了，偏偏给这个穷光蛋酒鬼！"不过兔皮袄还是拿来了。那汉子立刻就试穿起来。我穿着都有点儿紧的这件皮袄，他穿起来当然显得窄小。然而他动了动脑筋，把衣缝撕开，就把皮袄穿上了。萨维里奇听到衣缝撕裂的声音，差点儿没叫起来。那汉子得到我赠的皮袄，分外高兴。他把我送上车之后，深深地鞠了一躬，说："谢谢少爷！愿上帝报答您的好心。我一辈子也忘不了您的恩情。"他走了，我也继续赶路，没有理会萨维里奇的懊恼，而且很快就忘记了昨天的暴风雪、我的领路人和兔皮袄。

到了奥伦堡，我径自去见将军。我看到的是一个身材高大，但是已经老得有点儿驼背的男子。他的长头发完全白了。他那褪色的旧军服使人想起女皇安娜·伊凡诺芙娜时代的军人，他说话带有很重的德国口音。我把父亲的信交给他。他听到父亲的名字，很快地看了我一眼，说："我的上帝呀！才过了多久呀，安得列·彼得罗维奇还像你这么大呢，可是你瞧，他已经有这样的好小子了！哎呀，时间过得真快，真快呀！"他拆开信，小声念起来，不时加一两句评论。"'尊敬的安得列·卡尔洛维奇，我想，阁下……'干吗这样客气呀？唉，怎么好意思来这一套！当然，纪律是要紧的，不过给老朋友写信何必这样？……'阁下不会忘记……'哦……'当年……已故的元帅米宁……行军……还有……卡罗林卡……'哎呀，伙计！他还记得我们当年那些调皮捣蛋的事儿哩！'现在谈谈正事儿……把我的不肖儿子送到麾下……'哦……'要把他套在刺猬皮手套里……'刺猬皮手套是怎么一回事儿？想必这是俄国的成语……'套在刺猬皮手套里'是什么意思？"他向我问道。

"这意思就是说，"我尽量装出天真的神气回答说，"要亲热相待，不要太严厉，给予更多的自由，套在刺猬皮手套里。"

"哦，我懂了……'对他不能放纵……'不对，看样子，刺猬皮手套不是这个意思……'附上……他的证件……'证件在哪儿？哦，在这儿……'调入谢苗诺夫团……'好的，好的：一切照办……'允许我不拘上下……以老同事和老朋友的身份拥抱你。'啊！这才对了……等等，等等……好了，伙计，"他念完信，把我的证件放到一边，说，"一切都会照办：把你调到某某团去当军官，为了不耽误时间，明天你就去白山要塞，到米罗诺夫上尉麾下，他是一个善良而正直的人。你到那儿要好好地干，学会遵守纪律。你在奥伦堡无事可干。年轻人太闲散没有好处。不过今天我请你赏光，在我这儿吃饭。"

"真是越来越够受了！"我心里想道，"说起来我在娘胎里就是近卫军中士，可是这顶什么用呀！这是把我送到什么地方去呀？调到某某团，到荒凉的要塞里，到吉尔吉斯－卡依萨克草原的边境上呀！……"我在安得列·卡尔洛维奇那里，连同他的老副官三人共进了午餐。德国人那种严格的节俭精神充分体现在他的餐桌上，而且我想，他急着把我送到边防军去的部分原因，是怕在他那单身汉的餐桌旁有时会看到我这个多余的客人。第二天，我就辞别了将军，到我的驻地去。

第三章　要塞

> 我们住碉堡，
>
> 喝水吃面包；
>
> 假如有敌人
>
> 要来吃肉包，
>
> 我们迎来客，
>
> 炮弹管吃饱。
>
> ——士兵的歌

> 过时的人们，我的爷呀。
>
> ——《纨绔子弟》

白山要塞离奥伦堡有四十俄里。道路顺着雅伊克河陡峭的河岸向前延伸。河面还没有结冰，那铅灰色的河水，夹在单调的、白雪皑皑的两岸当中，显得黑郁郁的。河岸两边是广阔无垠的吉尔吉斯草原。我想起心事，多半是伤心事。驻防生活对我没有多大吸引力。我竭力想象我未来的上司米罗诺夫的模样，把他想象成一个严厉而暴躁的老头子，除了军务，什么也不知道，为一点小事就会把我关禁闭，只给我吃面包和喝水。这时，天已经开始黑了。我们的马车跑得很快。"离要塞还很远吗？"我问车夫。"不远，"他回答，"那不是，已经看得见了。"我四处张望，以为能看到森严的碉堡、塔楼和高墙，然而除了一个围了木栅栏的小村子，什么也看不见。那村子的一边是三四垛被雪埋了一半的干草，另一边是一座歪歪斜斜的磨坊，那树皮做的翼片懒洋洋地耷拉着。"要塞在哪儿？"我诧异地问。"这就是，"车夫指着小村子回答说，就在说这话的工夫，我们的马车进了村子。在寨门口，我看到一尊旧的生铁大炮；街道又狭窄又弯曲；房屋都很矮，大部分是麦秸盖顶。我吩咐车夫把马车赶到要塞司令那里去，不一会儿，马车就停在一座木板房前，木板房建在高地上，近旁有一座教堂，也是木结构的。

　　没有人迎接我。我走进过道，推开前室的门。一名残废老兵坐在桌上，正在绿军装的袖肘上打一块蓝色补丁。我叫他去通报。"进去吧，伙计，"残废兵回答说，"我们的人都在家。"我走进一个小房间，房里干干净净，陈设是旧式的。屋角有一架食品橱，墙上挂着嵌在玻璃框里的军官委任状；旁边贴着几张通俗画，画的是攻克基斯特林和奥恰科夫，还有选妻和葬猫。窗前坐着一个穿坎肩、裹头巾的老太婆。老太婆在捯线，一个穿军官服的独眼小老头用两手把线撑着。"您有什么事，伙计？"她一边捯线，一边问。我回答说，我是来当兵，向上尉先生报到的。我还以为独眼老头就是要塞司令，正要把这话对他说一遍，可是老太婆打断了我重复的话。"伊凡·库兹米奇不在家，"她说，"他到盖拉西姆家做客去了；不过反正一样，先生，我是他的太太。以后请多多关照。请坐吧，先生。"她唤来使女，叫她把下士找来。那老头用他的独眼好奇地望着我。"请问，"他说，"您是哪一团的？"我满足了他的好奇心。"请问，"他继续问道，"您为什么从近卫军调到边防军来？"我回答，这是上级的意思。"大概因为行为不检点，败坏近卫军军官风纪吧？"老头子又絮絮不休地问。"别胡扯了，"上尉夫人对他说，"你看，年轻人路途劳累了；他没心思跟你闲扯……把手撑直些……你，先生，"她转身对我继续说，"把你送到我们这荒凉地方来，你别难过。你不是第一个，也不是最后一个。住惯了，就好了。什瓦布林·阿列克赛·伊凡内奇因为杀人调到我们这儿，已经有四年多了。天知道，他怎么会造这种孽：有一次，他跟一位中尉骑马到城外去，而且都带了长剑，就这么斗起来。阿列克赛·伊凡内奇把中尉刺死了，还有两位证人在场呢！你说有什么办法呀？人造孽是不难的。"

这时走进来一名下士，是一个年轻的、身材匀称的哥萨克。

"马克西梅奇，"上尉夫人对他说，"给这位军官先生找个住处，要干净些的。""是，瓦西丽莎·叶戈罗芙娜，"下士回答说，"是不是让这位先生住到伊凡·波列扎耶夫那儿？""胡扯，马克西梅奇，"上尉夫人说，"波列扎耶夫那儿已经够挤的了；他可是我的教亲，他不会忘记我们是他的上司。你带这位军官先生……您这位先生，您的大名？哦，彼得·安得列伊奇吗？……你把彼得·安得列伊奇带到谢苗·库佐夫那里去。他这混蛋，竟把马放到我的菜园里。哦，怎么样，马克西梅奇，一切都平安无事吗？"

"谢天谢地，一切都好好儿的，"那哥萨克回答说，"只不过普罗霍罗夫伍长在澡堂里为了一盆热水和乌斯季尼雅·涅古莉娜打了一架。"

"伊凡·伊格纳季奇！"上尉夫人对独眼老头说，"你去问问普罗霍罗夫和乌斯季尼雅的事，看谁对谁不对。噢，就把两个人都处罚一下吧。哦，马克西梅奇，你去吧。彼得·安得列伊奇，马克西梅奇送您到住处去。"

我鞠躬告辞。下士把我领进一座小房子。小房子在高高的河岸上，在要塞的紧边上。小房子的一半住着谢苗·库佐夫一家，另一半划给我住。这一半只是一个房间，相当干净，而且用板壁隔成两半。萨维里奇就在里面忙活起来；我便从小小的窗户向外眺望。展现在我面前的是一片荒凉的草原。斜对面有几座小屋，街上有几只母鸡走来走去。一个老太婆端着一个木盆站在台阶上唤猪，那些猪亲热地呜噜呜噜叫着回答她。这不是，我命中注定要在这样的地方度过我的青春？我难过起来，就离开窗子，躺下睡了，连晚饭也没有吃，尽管萨维里奇一再劝我吃，一遍又一遍难受地念叨着："上帝呀！他什么也不吃！万一这孩子把身子弄坏了，夫人要怎么说呀？"

第二天早晨，我刚刚开始穿衣服，房门就开了，一个身材不高、脸色黝黑、长相很不好看然而特别有生气的青年军官走进我房里来。"对不起，"他用法语对我说，"我冒昧前来跟您结识。昨天我听说您来了，我觉得终于又可以见到人的面孔了，因此巴不得要见一见。您只要在这里住上一些时候，就会理解这种心情的。"我猜想，这就是因为决斗而被开除的那位近卫军军官了。我们当即互通了姓名。什瓦布林一点也不蠢。他说话又尖刻又有趣。他很风趣地对我描绘了司令的一家、他交往的一些人和我流落的地方的情形。我正开心地笑着，那个在前室里缝补军装的残废老兵就来到我房里，说瓦西丽莎·叶戈罗芙娜请我去吃饭。什瓦布林表示要和我一起去。

我们来到司令家门前，就看到场地上有二十来个扎着长辫子、头戴三角帽的残废老兵。他们排成队站着。前面站着司令，是一个很有精神的老头子，个头儿高高的，头戴圆帽，身穿长袍。一看见我们，便走到我们跟前，对我说了几句很亲切的话，就又去指挥操练。我们本想站在那里看操练，但他叫我们到瓦西丽莎·叶戈罗芙娜那里去，说他随后就来。"你们在这里没有什么好看的。"他补充说。

瓦西丽莎·叶戈罗芙娜待我们又随便又亲热，就像是多年的故交。那个残废老兵和巴拉莎在端菜上酒。"今天我那伊凡·库兹米奇操练起来怎么没有完啦！"司令夫人说，"巴拉什卡，去叫老爷吃饭。哦，玛莎在哪儿？"这时走进一个十七八岁的姑娘，脸圆圆的，红红的，淡黄色头发梳得光溜溜的，梳到羞得通红的耳朵后面。刚见面，我并不怎么喜欢她。我是带着成见看她的，因为什瓦布林对我描绘过上尉的女儿玛莎，把她说成是一个十足的傻姑娘。玛莎小姐在角落里坐下来，做起她的针线活儿。这时菜汤端上来了。瓦西丽莎·叶戈罗芙娜见丈夫没有回来，第二次派巴拉什卡去请他。"你告诉老爷：客人等着呢，汤也要凉了；谢天谢地，要操练有的是时间，想吃喝以后还来得及。"不一会儿，上尉由那个独眼老头子陪伴着走了进来。"你怎么啦，我的老爷子呀？"夫人对他说，"酒菜老早就上齐了，可你就是不来。""夫人，你要知道，"伊凡·库兹米奇回答说，"我是忙于军务：在训练士兵呢。""哼，算了吧！"上尉夫人反驳说，"训练士兵，不过说说好听：他们训练不出什么名堂，你也没本事训练。还是老老实实坐在家里祷告祷告上帝，这样倒好些。尊敬的客人们，请入席吧。"

我们就坐下来吃饭。瓦西丽莎·叶戈罗芙娜不住嘴地说着话儿，向我问了一连串的问题：我的父母是什么人，是不是健在，住在哪里，有多大家产？她听说我爹有三百农奴，就说："真不得了！世上有这样富的人！可我们，我的天呀，总共只有一个使女巴拉什卡。不过，感谢上帝，我们的日子凑凑合合还能过。只有一件操心事，那就是玛莎。这姑娘已经到了出嫁的年纪，可是哪儿有嫁妆呀？一把篦子，一把桦笤帚，再就是三戈比小钱（上帝可怜可怜吧！），到澡堂洗把澡倒是行了。要是能找到个好人，那是福气；要不然只能坐在家里做一辈子老姑娘了。"我看了看玛莎小姐；她的脸完全红了，甚至泪水都滴到她的碟子上。我怜惜起她来，便急忙改变话题。"我听说，"我不管合不合适，打岔说，"巴什基尔人要来攻打我们的要塞了。""伙计，你这是听谁说的？"伊凡·库兹米奇问道。"在奥伦堡有人对我这样说的。"我回答说。"胡说！"伊凡·库兹米奇说，"我们很久没听说过什么了。巴什基尔人是惊弓之鸟，吉尔吉斯人挨打也挨够了。他们未必敢来冒犯；要是他们敢来，那我狠狠教训他们一顿，叫他们十年不敢动弹。""您在要塞里，在枪林弹雨中，不害怕吗？"我问上尉夫人。"习惯了就行了，先生，"她回答说，"二十多年前，我们刚从团里调到这里的时候，那可不得了，我多么害怕那些该死的异教徒呀！那时候，我一看见山猫皮帽子，一听见他们的尖叫声，我的爷呀，你信不信，我真要吓死了！可是现在我习惯了，就是有人来报告说暴徒在要塞周围跑来跑去，我连动也不动。"

"瓦西丽莎·叶戈罗芙娜是一位异常勇敢的夫人，"什瓦布林一本正经地说，"这一点，伊凡·库兹米奇可以证明。"

"是的，"伊凡·库兹米奇说，"可以说，她不是胆小的娘们儿。""玛莎小姐呢？"我问，"也像您一样大胆吗？"

"玛莎的胆量吗？"她母亲回答说，"玛莎的胆子才小哩。到现在还听不得枪声，一听到枪声就浑身发抖。两年前伊凡·库兹米奇心血来潮，放大炮给我庆贺命名日，差点儿把我的宝贝吓死。从那时候起，就不放该死的大炮了。"

我们吃完饭，离开餐桌。上尉和夫人去睡了；我就到什瓦布林那里去，和他一起度过一个晚上。

第四章　决斗

"请吧，快摆好架势，

看我宝剑取你！"

——克尼亚日宁 [1]

过了几个礼拜以后，我就觉得我在白山要塞的生活不仅是可以过的，而且是愉快的了。司令一家待我如家人。司令夫妇都是令人敬佩的人。伊凡·库兹米奇是士兵子弟出身的军官，是一个没有文化的普通人，然而非常正直和善良。妻子处处管着他，这正适合他那无忧无虑的天性。瓦西丽莎·叶戈罗芙娜把军务也看作家务，把要塞管理得像自己家

———————————

① 引自俄国剧作家、诗人克尼亚日宁的诗《怪人》。

里一样井井有条。没过多久，玛莎小姐见到我也不腼腆了。我们彼此熟识了。我看出她是一个懂道理、重感情的姑娘。我不知不觉爱上这善良的一家，甚至也爱上那个独眼的驻防军中尉伊凡·伊格纳季奇，什瓦布林胡说他和上尉夫人有不正当关系，那是连影子也没有的事；什瓦布林却不管这一套。

我提升为军官。我也不觉得军务繁重。在平安无事的要塞里，没有人视察，不必训练，也不必站岗放哨。司令有时高兴起来就操练一下士兵；然而至今还不能使他们分清哪边是右，哪边是左，虽然有很多士兵为了不弄错，在每次转身之前都要在自己身上画十字。什瓦布林有几本法文书。我便读起书来，并且对文学发生了兴趣。每天早晨我都读书，练习翻译，有时还写写诗。午饭几乎都是在司令家里吃，每天其余的时间一般也都是在他家里度过，盖拉辛神父和他的太太阿库里娜·潘菲洛芙娜晚上有时也到司令家里来；神父太太在附近一带是第一号消息灵通人士。当然，我每天也都和什瓦布林见面；但是他的话越来越使我不感兴趣。他老是取笑司令一家，我很不喜欢听这些话，尤其是讽刺挖苦玛莎小姐的话。在要塞里没有别的交往，而且我也不希望再有什么别的交往了。

尽管有种种流言，巴什基尔人并没有暴乱。我们要塞周围一直平安无事。然而这种太平气氛一下子就被突然发生的内讧打破了。

我已经说过，我学习起文学。我的习作在当时来说，是很不错的，几年之后，亚历山大·彼得罗维奇·苏马罗科夫见了甚是称赞。有一天，我写了一首小诗，自己感到很满意。大家都知道，诗作者有时会借口征求意见，朗读自己的诗作给别人听，希望得到赏识。所以，我抄好小诗，就拿了去找什瓦布林，因为在我们的要塞里只有他能够评价诗歌作品。我简短地说明来意之后，便从口袋里掏出小本子，对他朗读了下面一首小诗：

撕扯心中缕缕情思，

竭力想把美人儿忘记，

啊，为了不做爱情的俘虏，

想方设法把玛莎躲避！

然而那双令我陶醉的眼睛，

时时刻刻在我眼前闪动，

扰乱了我的心灵，

使我的心不得安宁。

当你知道我命运不济，

眼见我迷恋着你，

为你憔悴，为你戚戚，

玛莎呀，你要将我怜惜。

"你以为怎样？"我问什瓦布林，以为准会得到他的称赞，那是我应得的回报。然而，使我懊恼的是，一向十分客气的什瓦布林竟很不客气地说，我的诗不好。

"为什么不好？"我掩盖着自己的懊恼，问他道。

"因为，"他回答说，"这样的诗只有我中学的老师瓦西里·基里雷奇·特列佳科夫斯基会说好，我觉得这很像他那些爱情小调。"

于是他把我的小本子拿过去，很不客气地对每一行、每一个字挑剔起来，用最尖刻的字眼儿挖苦我。我再也忍不住，就从他手里夺回我的小本子，并且说，从今以后再也不让他看我的作品了。什瓦布林听到我这种发狠的话也冷冷地笑了笑。"咱们等着瞧吧，"他说，"看你说话算不算数：写诗就是要念给别人听的，就像伊凡·库兹米奇饭前要喝酒一样。

哦，你向她表白爱情、倾诉相思之苦的玛莎是哪一个呀？是不是就是玛莎小姐？"

"这不关你的事，"我皱着眉头回答说，"不管这个玛莎是谁，用不着你说长道短，也用不着你猜测。"

"哎哟！真是一个爱面子和怕羞的情人！"什瓦布林继续说下去，而且越来越带有明显的刺激意味了。"不过请你听听我的忠告：你要是想成功的话，我劝你不要拿小诗去求爱。"

"先生，这是什么意思？请你把话说明白。"

"愿意奉告。这意思就是，你要是想让玛莎小姐晚上来跟你相会，那你不必送情诗，还是送她一对耳环。"

我的血沸腾起来。

"你为什么这样看她？"我好不容易压制着怒火问道。

"因为，"他阴险地冷笑着回答说，"我根据经验了解她的脾性和习气。"

"你胡说，混蛋！"我狂怒地叫起来，"你简直是胡说八道！"

什瓦布林变了脸。

"这事不能就这样算了，"他抓住我的手说，"您得跟我决斗。"

"好的，随时可以奉陪！"我十分高兴地回答说。此时此刻我恨不得把他撕碎。

我立刻去找伊凡·伊格纳季奇，看到他手里拿着针。是司令夫人要他用线把蘑菇穿起来，晒干了过冬。"哦，彼得·安得列伊奇！"他一看到我，就说道，"欢迎，欢迎！是什么风把您吹来了？请问，有何贵干？"我简单地对他说了说我和什瓦布林争吵的事，说我是来请他伊凡·伊格纳季奇当我的决斗证人的。伊凡·伊格纳季奇瞪大了他的独眼看着我，仔细听完了我的话。"您是不是说，"他对我说，"您要杀死阿列克赛·伊凡内奇，并且希望我在场当证人？是这样吗？请问。"

"正是这样。"

"行行好吧，彼得·安得列伊奇！您这是想干什么呀！您和阿列克赛·伊凡内奇吵架了？那有什么呀？骂人的话，不必当真。他骂您两句，您还他两句；他打您嘴巴，您就打他耳光，两下，三下，——就各走各的路；然后我们来帮你们和解。要不然，请问，杀死自家人，这可是好事？要是您杀了他，倒也罢了；愿上帝保佑他阿列克赛·伊凡内奇；我也不喜欢他。可是，他要是在您身上穿个窟窿呢？那可像什么呀？请问，到底谁吃亏呀？"

尽管中尉说得很有道理，可是我没有动摇。我主意已定，决不改变。"那就请便，"伊凡·伊格纳季奇说，"您想怎样就怎样吧。可是我干吗要去当证人？何苦呢？请问，打架斗殴，这算什么稀罕事儿？谢天谢地，我跟瑞典人、土耳其人都打过仗：什么场面都看够了。"

我好歹对他解释了一下证人的职责，可是伊凡·伊格纳季奇怎么也不明白。"随您怎样吧，"他说，"如果您真要我参与这事儿的话，那只有去见见伊凡·库兹米奇，并且依照军规向他报告，说在要塞里有人图谋不轨，准备行凶杀人，司令先生是不是可以采取应有的措施……"

我害怕了，就要求伊凡·伊格纳季奇什么也不对司令说，好不容易把他说服了；他答应不去说，我也下决心避开他了。

这天晚上我像往常一样在司令家里度过。我尽量装得很快活、很平静，免得引起什么怀疑，避免一些讨厌的盘问。可是，说实话，虽然几乎所有处在我这种境况的人都要炫耀自己的冷静，我却没有那样冷静。这天晚上我格外动情。玛莎小姐比往常更使我喜欢。我一想到也许这是最后一次看到她，就觉得她有一种销魂的魅力。什瓦布林也在这儿。我把他拉到一边，把我和伊凡·伊格纳季奇交谈的情况对他说了说。"咱们干吗要证人，"他冷冷地对我说，"没有证人也行。"我们约定在要塞旁边的干草垛后面决斗，第二天早上七点钟之前就到那里去。从表面上看，我们谈得十分投机，因此伊凡·伊格纳季奇高兴得说走了嘴。"早就该这样了，"他非常高兴地对我说，"好斗不如歹和，不争面子，只求平安。"

"什么，什么，伊凡·伊格纳季奇？"在角落里用纸牌算卦的司令夫人问道，"我没有听明白。"

伊凡·伊格纳季奇发现我有不满的神色，就想起了自己的诺言，为难起来，不知该如何回答。什瓦布林连忙给他解围。

"伊凡·伊格纳季奇是说，我们和解为好。"他说。

"我的爷呀，你这是跟谁争吵了？"

"我跟彼得·安得列伊奇争吵过，本来争吵得很厉害。"

"为什么事争吵呀？"

"为一件微不足道的小事：为一首短歌。瓦西丽莎·叶戈罗芙娜。"

"这也值得争吵！为一支短歌！……究竟怎么吵起来的呀？"

"是这样：彼得·安得列伊奇不久前编了一支歌儿，今天当着我的面唱了起来，我也就唱起自己喜欢的歌儿：

上尉的女儿呀，上尉的女儿，

不要在半夜里出去玩儿……"

"这样就不协调了。彼得·安得列伊奇就发火了；但后来他想明白了：各人有各人的自由，想唱什么就唱什么。事情就这样了结了。"

我见什瓦布林这样厚颜无耻，几乎气得发疯；好在除了我，没有谁明白他的无礼的暗示，至少没有谁留意。谈话从诗歌转到诗人。司令说，诗人都是一些不务正业的人和不可救药的酒鬼，并且好意劝我以后不要再写诗，因为写诗有碍军务，决不会有什么好结果。

有什瓦布林在场，我受不了。没过多久，我就离开司令和他的一家。回到家里以后，把我的剑检查了一番，试了试剑尖，就躺下睡觉，吩咐萨维里奇在七点之前唤醒我。

第二天，到了约定的时间，我就站在干草垛后面等待我的对手了。他很快也到了。"咱们会被人看到的，"他对我说，"得快一点儿。"我们脱下军装，只穿坎肩，抽出剑来。这时候伊凡·伊格纳季奇带着五六个残废士兵突然从草垛后面走了出来。他要我们去见司令。我们自认霉气，只好听从。士兵们把我们包围住，我们便跟着伊凡·伊格纳季奇朝要塞里走去。伊凡·伊格纳季奇神气活现地大踏步走着，得意扬扬地带领着我们。

我们来到司令家。伊凡·伊格纳季奇推开门，得意扬扬地报告说："把他们带来了！"瓦西丽莎·叶戈罗芙娜迎住我们。"哎呀，我的爷呀！这像什么话呀？怎么啦？这算什么呀？要在我们要塞里行凶杀人哩！伊凡·库兹米奇，快把他们关起来！彼得·安得列伊奇！阿列克赛·伊凡内奇！把你们的剑交出来，交出来，快交出来！巴拉什卡，把他们的剑收到储藏室里去。彼得·安得列伊奇，我真没想到你会干这种事儿。你怎么不害臊呀？阿列克赛·伊凡内奇倒也罢了，他就是因为杀人被近卫军开除的，他连上帝也不信；可你呢？你也要学他的样吗？"

伊凡·库兹米奇完全赞同夫人的话，并且说："你们给我听着，瓦西丽莎·叶戈罗芙娜说得很对。决斗是军法条例中明文禁止的。"这时，巴拉什卡把我们的剑拿去，送进储藏室。我憋不住笑起来。什瓦布林依然保持着傲慢的神气。"尽管我非常尊重您，"他冷冷地对司令夫人说，"但我不能不指出，您不应该操这份心，管我们的事。应该由伊凡·库兹米奇来管，这是他的事。""哎呀，我的爷呀！"司令夫人反驳说，"夫妻心相通，肉相连，妻子和丈夫还不是一回事儿吗？伊凡·库兹米奇！还磨蹭什么？马上把他们分别关到小屋子里去，让他们过几天清淡日子，消消浑劲儿。再就是让盖拉辛神父给他们进行宗教上的惩罚，叫他们祈求上帝饶恕，在众人面前认错。"

伊凡·库兹米奇不知道究竟怎么办才好。玛莎小姐脸色煞白。暴风雨渐渐过去；司令夫人气消了，她叫我们互相亲吻和好。巴拉什卡也把剑拿来还给我们。我们表面上和和气气地从司令家里走了出来。伊凡·伊格纳季奇把我们送到门外。"你答应过我不向司令报告的，却把我们告发了，"我很生气地对他说，"你怎么不害臊呀？""基督在上，我可是没有对司令报告，"他回答说，"是夫人查问此事，我不能不说。她不告诉司令就自行处置了。不过，谢天谢地，事情就这样了结了。"他说过这话，就回家去了。剩下我和什瓦布林两个人。"咱们的事不能就这样算了，"我对他说。"当然啦，"
什瓦布林回答说，"你必须用自己的血补偿你对我的无礼。不
过，恐怕还会有人监视咱们。咱们还得装几天老实样儿。再
见吧！"于是我们像什么事儿也没有似的分手了。

我回到司令家里，像往常一样在玛莎小姐身旁坐下来。
司令不在家；夫人正忙着做家务事。我们小声说着话儿。玛
莎小姐含情脉脉地责备我，怪我和什瓦布林争吵，闹得大家
都不安宁。"我听说你们要决斗，简直吓呆了，"她说，"你们
男人多么怪呀！为了一句话，过一个礼拜准会忘记的话，就
要决斗，不仅可以不要性命，而且可以不要良心，不顾别人
担心害怕，别人……不过我相信，争吵不是您挑起来的。肯
定怪阿列克赛·伊凡内奇。"

"您为什么这样想呀，小姐？"

"哦，是这样……他总是喜欢嘲笑别人！我很不喜欢阿
列克赛·伊凡内奇。我很讨厌他。可是很奇怪：我怎么也不
希望他也同样不喜欢我。这使我非常担心。"

"您以为怎样，小姐？他喜欢不喜欢您？"

玛莎小姐欲说又止，脸红了红。

"我觉得，"她说道，"我想，他是喜欢的。"

"为什么您觉得是这样？"

"因为他向我求过婚。"

"求婚！他向您求过婚？是什么时候？"

"是去年。在您来之前两个月。"

"您没有答应吗？"

"这是您应该看出来的。当然，阿列克赛·伊凡内奇是一个聪明人，出身又好，又有家产；可是我一想到在举行婚礼时要当众和他接吻……决不能！不管有多少好处！"

玛莎小姐的话使我睁开眼睛，明白了很多事情。我明白了什瓦布林为什么老是说她的坏话。大概他发现我们互相倾慕，就想方设法离间我们。原来引起我们争吵的那些话，现在我觉得更加卑鄙可恶了，因为我看出来，那不是粗野无耻的嘲笑，而是处心积虑的诋毁。我更是一心一意要惩罚这个恶意中伤的家伙，于是我急切地等待着适当的机会。

我没等多久。第二天，就在我写一首哀诗，咬着笔思索如何押韵的时候，什瓦布林来敲我的窗户了。我放下笔，拿起剑走出来迎他。"有什么好拖延的？"什瓦布林说，"现在没人监视咱们。咱们到河边去。到那儿没有谁干扰咱们。"我们一声不响地走去。顺着陡峭的小路走下去，我们在河边站住，拔出剑来。什瓦布林的剑法比我熟练，可是我比他更强壮，更大胆，而且过去当过兵的鲍普勒先生曾经教过我几手，现在正好用上了。什瓦布林没想到碰上我这样一个危险的对手。有很长时间我们彼此不分上下；后来我终于看出什瓦布林气力渐渐不支，便抖擞精神，向他进攻，几乎要把他逼到河里去。突然我听见有人大声呼唤我的名字。我回头一看，看到萨维里奇顺着陡峭的小路朝我跑来……就在这时候，我右肩下面的胸部被狠狠地刺了一剑；我倒下去，失去了知觉。

第五章　爱情

啊，姑娘呀，美丽的姑娘！

你年纪轻轻，别忙着嫁人；

你要问问父亲，问问母亲，

问问父亲、母亲，问问乡邻；

你要积攒呀，姑娘，

积攒才智，积攒嫁妆。

——民歌

你要找到比我好的，会把我忘怀。

要是找到比我差的，会想起我来。

——民歌

我清醒过来以后，一时间还没有回过神来，不明白我出了什么事儿。我躺在床上，在一个陌生的房间里，觉得浑身一点力气也没有。萨维里奇端着蜡烛站在我的床前。有个人小心翼翼地在解我胸前和肩膀上扎的绷带。我的头脑渐渐清楚了。我想起我们的决斗，明白我是受伤了。这时门吱呀响了一声。"怎么样？他怎么样啦？"一个声音轻轻地问，我听到这个声音，浑身为之一振。"还是那样，"萨维里奇叹着气回答说，"一直昏迷不醒，已经是第五天了。"我想翻个身，但浑身不能动弹。"我这是在哪儿呀？谁在这儿呀？"我吃力地说。玛莎小姐走到我床前，并且向我俯下身来。"怎么样？您觉得怎么样？"她说。"还好，"我用微弱的声音回答说，"是您吗，玛莎小姐？请您告诉我……"我没有力气说下去，就不说了。萨维里奇"啊呀"了一声。脸上露出惊喜的神色。"醒过来了！醒过来了！"他一遍又一遍地说。"主啊，真感谢你！哦，彼得·安得列伊奇少爷呀！你可把我吓坏了！这些天我好过吗？已经是第五天了！……"玛莎小姐打断他的话。"萨维里奇，不要和他多说话，"她说，"他还没有什么气力。"她走出去，轻轻地把门掩上。我心里激动起来。就是说，我这是在司令家里，玛莎小姐常来看我呢。我想问萨维里奇几个问题，可是老头子直摇头，而且把耳朵捂住。我无可奈何地闭上眼睛，不久就昏昏沉沉睡着了。

等我醒来，呼唤萨维里奇，却看到站在我面前的是玛莎小姐；她用天使般的声音问候我。真说不出此时此刻我心里有多么甜蜜。我抓住她的手，把脸贴在她手上，流下感动的泪水。玛莎没有把手抽回去……突然，她的嘴唇接触到我的脸颊，于是我得到热辣辣的、温柔的一吻。一股暖流传遍我的全身。"亲爱的，好玛莎，"我对她说，"做我的妻子吧，答应我，让我幸福吧。"她一下子清醒过来。"您千万要安静，"她从我手里抽回手去，说，"您还没有脱离危险：伤口还会开裂。您要多多保重，哪怕为了我。"她说过这话就走了，让我一个人沉醉在欢乐中。幸福使我提起了精神。她是我的了！她爱我呢！我一心一意想着的只是这一点。

从这时候起，我的身体一天一天好起来。给我治伤的是团里的一名理发师，因为要塞里没有别的医生，而且，谢天谢地，他并不胡乱逞能。我因为年轻，体质好，恢复得很快。司令一家人都在照料我。玛莎小姐更是一直守着我。不用说，一有机会我就继续表白爱情，玛莎小姐也更耐心听我表白了。她一点也不装模作样，承认她爱我，并且说，父母对她的婚事当然是会感到高兴的。"不过你要好好想一想，"她又说，"你父母那方面是不是会不同意？"

我沉思起来。母亲对我百依百顺，那是无可疑虑的，但父亲的脾性和思想方法我是知道的，我觉得我的爱情不会怎样打动他的心，他会把我的爱情看作年轻人的胡闹。我老老实实向玛莎小姐承认这一点，不过我下定决心给父亲写信，尽可能恳切些，以求得父母的祝福。我把信拿给玛莎小姐看，她认为这封信非常恳切感人，父母收到信后一定会答应的，因此她那颗怀着一片痴情和年轻人的纯情的芳心沉醉在幸福中。

在我康复之后，没过几天我就同什瓦布林言归于好了。上尉因为决斗训斥我说："哎呀，彼得·安得列伊奇！我真应该关你禁闭，不过就这样你已经算是受到惩罚了。什瓦布林到现在还被我关在谷仓里，他的剑也由瓦西丽莎·叶戈罗芙娜收藏着。让他好好想一想，反省反省吧。"我太幸福了，心里没办法保留敌意了。于是我为什瓦布林求情，好心的上尉在得到夫人同意之后，就叫人把他放了出来。什瓦布林前来看我；他为我们之间的事深表歉意，承认一切全是他的错，请我忘掉过去的事。我生来不喜欢记仇，因此真心实意地原谅了他，忘却我们的争吵和他给我造成的重伤。我也看出来，他所以说难听的话，是因为求爱不成，自尊心受到伤害，心中懊恼，所以我应该宽大为怀，原谅这个不幸的情敌。

　　不久我就完全康复，可以回我的住所去了。我焦急地等待着父母的回信，不敢抱什么希望，而且竭力在压制悲伤的预感。我还没有同司令和夫人谈此事，不过我要是求婚，他们想必不会感到意外。我和玛莎小姐在他们面前都没有竭力掩饰自己的感情，我们早就认定他们会同意的。

　　终于有一天早晨，萨维里奇手里拿着一封信走进我房里来。我浑身打着哆嗦把信夺过来。信封是我爹亲手写的。这使我感到事情的严重性，因为往常都是妈妈给我写信，父亲只是在信的末尾附笔写几句。我有好一阵子不敢拆信，并且一遍又一遍看着那庄重的字体："我儿彼得·安得列伊奇·格里尼约夫收。寄往奥伦堡省白山要塞。"我竭力就笔迹猜度父亲写信时的心情。终于我下定决心把信拆开，一看头几行，就知道这事儿完蛋了。信的内容如下：

彼得我儿！你要求我们祝福和同意你与米罗诺夫家女儿玛丽娅·伊凡诺芙娜婚事的来信，我们于本月15日收到。我不但不会给你祝福和同意你的婚事，而且有机会还要好好收拾你，而且因为你胡闹还要像教训小孩子那样把你教训一顿，虽然你已经当了军官。因为你已经证明，你还不配佩带军官的剑，那是让你保卫祖国的，不是让你跟和你一样胡闹的人决斗的。我这就写信给安得列·卡尔洛维奇，请他把你从白山要塞调往更远些的地方，让你到那里清醒清醒。你妈听说你与人决斗和负伤，难受得害了病，至今卧床不起。你有什么出息呀？我祈求上帝，让你改过自新，虽然不敢指望上帝给我多么大的恩惠。

你的父亲　安·格

看完这封信，顿时百感交集。父亲大加申斥，说出这样厉害的话，使我深感屈辱。他提到玛莎小姐时用那种轻蔑语气，我觉得既不礼貌也不公正。一想到要把我从白山要塞调出去，就非常害怕。但最使我难过的还是母亲生病的消息。我对萨维里奇非常恼火，毫无疑问，决斗的事是他报告我父母的。我在小小的房间里前前后后走了一阵子之后，便在他面前站下来，狠狠看了他一眼，说："多亏你我受了伤，在死亡线上折腾了整整一个月，显然你觉得还不够，你还想把我妈也害死。"这话就像晴天霹雳，萨维里奇受不了这一击。"哪儿的话呀，少爷，"他差点儿要哭起来，说，"你这是说的什么话呀？是我害你受伤？上帝明白，我是跑去拿自己胸膛挡住阿列克赛·伊凡内奇的剑，免得让你受伤的！可恨的是我老了，跑不快了。可是我对你妈又怎样啦？""你怎样吗？"我回答说，"谁叫你去告我的状？难道是派你到我这儿来当奸细的吗？""我？我告了你的状？"萨维里奇流着泪回答说，"老天爷呀！请你看看老爷给我写了些什么，就会看到我是怎样告你的状了。"

于是他从口袋里掏出一封信，我看到信是这样写的：

你这老狗，真不要脸，你无视我的严厉命令，竟不向我报告少爷的事，旁人才不得不向我报告了他的胡作非为。你就是这样尽责，这样效忠主人的吗？我要派你这条老狗去放猪，因为你隐瞒真情，姑息年轻人。我要你收到此信立即给我写回信，说说他目前身体如何，至于他的身体复原，已有人写信告诉我了。还要说说伤在什么地方，医治他的是谁，是否良好。

显然，萨维里奇没有错，我不应该责备他，怀疑他，让他受委屈。我请他多多原谅，老头子却还是很难受。"我怎么落到这个地步呀！"他一遍又一遍地说，"换得主人什么样的恩典呀！我又是老狗，又是猪倌，又是我害你受了伤！不是呀，彼得·安得列伊奇少爷！不怪我，全怪那个该死的法国先生：是他教会你拿铁扦子戳人和跺脚后跟的，好像会戳人和跺脚后跟就能防备坏人了！真不该花许多钱去雇一个法国先生呀！"

那又是谁把我的事报告我爹的呢？是将军吗？可是他似乎对我的事不怎么操心；伊凡·库兹米奇也没有必要去报告我决斗的事。我猜来猜去，怎么也猜不出。最后我的疑点集中在什瓦布林身上。只有他可以从告状中得到好处，因为一告状就有可能把我从白山要塞调走，同司令一家断绝关系。我去找玛莎小姐，想把一切对她说说。她在台阶上迎住我。"您这是怎么啦？"她一看见我，就说，"您的脸多么苍白呀！""全完了！"我说着，把我爹的回信递给她。她的脸一下子也发了白。她看完信，用打哆嗦的手把信还给我，并且用打哆嗦的声音说："显然是我命不好……你们家的人不愿意我进你们家的门。那就听天由命吧！上天比咱们更知道咱们应该怎样。没有办法呀，彼得·安得列伊奇；您就另觅美满姻缘吧……""那不行！"我抓住她的手，叫起来，"你爱我；我不惜一切。咱们走，跪倒在你父母脚下；他们都是好人，不是铁石心肠……他们会给咱们祝福的；咱们就结婚……以后，过一些时候，我相信，咱们会求得我爹答应的；我妈会赞成咱们的事；我爹也会宽恕我……""不，彼得·安得列伊奇，"玛莎回答说，"没有你父母的祝福，我不能嫁给你。没有他们的祝福，你不会幸福的。咱们听从上帝安排吧。你要是能找到意中人，爱上另外一个姑娘，上帝也会保佑你的，彼得·安得列伊奇；我也祝你们幸福……"她说到这里，哭了起来，并且走了出去；我本想跟着到她的房间里去，可是我觉得已无法控制自己，便回家了。

我正心事重重地坐着，突然萨维里奇打断了我的沉思。"你看看吧，少爷，"他说着，递给我一张写满了字的纸，"你看看，是不是我告了少爷的状，是不是我挑拨父子不和。"我接过他手里的纸：原来是萨维里奇写的回信。他的回信我照抄如下：

安得列·彼得罗维奇老爷，我们仁慈的父亲！

您仁慈的来信我已收到。您在信中对我这个奴仆十分生气，说我不要脸，没有遵照主人命令行事。我不是一条老狗，是您的忠实奴仆，是一直听从主人吩咐，时时刻刻尽心为您效力的，一直活到白了头发，都是如此。至于我没有向您报告少爷受伤的事，那是觉得惊动您没有什么好处；听说我们仁慈的夫人阿芙道济娅·瓦西里耶芙娜受惊病倒在床，我要祷告上帝，愿她早日康复。少爷伤在右肩下，在胸部一块骨头下面，深一俄寸半，我们把他从河边抬到司令家里，他就在司令家里养伤，给他治伤的是这里的理发师斯捷潘·帕拉莫诺夫。感谢上帝，少爷伤势已经痊愈，现在他一切良好，没有什么可说的。听说长官对他很满意；司令夫人待他像亲儿子一般。至于他出这种意外事，那也不足怪，年轻人嘛：马有四条腿，还免不了跌跤呢。您来信说要派我去放猪，主人的心意自是应该服从的。我俯首听命。

您忠心的奴仆

阿尔希普·萨维里奇

我读着善良的老人写的回信，有好几次憋不住笑起来。我无法给我爹写回信；要安慰我妈，我觉得有萨维里奇的信已经够了。

从这时候起，我的状况发生了变化。玛莎小姐几乎不跟我说话，并且千方百计地躲避我。司令的家不再是我喜欢的去处了。渐渐我习惯了一个人待在家里。起初司令夫人为此责备我；但看到我很固执，就不再管我了。和司令见面，只是在军务需要的时候。和什瓦布林很少见面，也不乐意和他见面，尤其因为我发现他对我暗怀着仇恨，我看出我的怀疑是不错的。我觉得日子过得乏味了。整日里闷闷不乐，心事重重，孤独和无所事事更加重了这种心情。我的爱情却在冷清中炽烈起来，越来越使我痛苦。我对读书和文学已失去兴致。我的情绪坏极了。我害怕发疯或者堕落。这时发生了一些意外的事件，使我的心灵突然受到强烈的、有益的震荡，这些事件对我一生有重大的影响。

第六章　普加乔夫暴动

你们年轻小崽子仔细听着，

听我们老头子把往事叙说。

——歌谣

　　在我着笔描述我亲眼见到的种种奇事之前，应该先说说1773 年底奥伦堡省的情形。

　　这个辽阔而富饶的省居住着许多半开化的民族，这些民族是不久前才归属俄国的。他们经常作乱，不习惯法度，过不惯规矩生活，又不安分，又残忍，政府不得不设法时刻监视他们，让他们服从管束。在一些适当的地方设立要塞，移居要塞的大部分是在雅伊克河两岸定居已久的哥萨克。但是，担任该地区治安的雅伊克哥萨克，从某个时候起，本身也成为政府的不安定和危险的国民。在1772年就在他们的首府发生了一次骚乱。起因是特劳宾别格少将为了管束军队，采取了一些严厉措施。结果是特劳宾别格被残杀，指挥部被任意撤换，最后动用了枪弹和残酷的惩罚才把暴乱平息下去。

这事是在我来白山要塞之前的一些日子里发生的。现在已经完全平静了。或者应该说，似乎完全平静了；政府太轻易相信了刁滑的叛乱者虚假的悔过，这些人却是怀恨在心，等待适当时机，重新作乱。

话休烦琐，言归正传。

有一天晚上（这是在1773年10月初），我一个人坐在家里，听着秋风的呼号，从窗户里望着月亮旁边飞驰的乌云。司令派人来叫我。我立刻去见他。我在司令处见到什瓦布林、伊凡·伊格纳季奇和一名哥萨克中士。司令夫人和玛莎小姐都不在房里。司令带着一脸心事重重的神气和我打了个招呼。他关上门，叫我们都坐下，只让哥萨克军士站在门口，便从口袋里掏出一张纸，对我们说："诸位军官，有重要消息！诸位就听听将军是怎么写的。"于是他戴上眼镜，念了起来：

白山要塞司令米罗诺夫上尉先生！

机密

兹通知阁下：越狱的顿河哥萨克和分裂派教徒叶梅利扬·普加乔夫胆大妄为，借用先帝彼得三世名号，纠集匪帮，在雅伊克两岸一些村庄掀起叛乱，现已攻占和捣毁要塞数座，到处抢劫和杀戮。因此，上尉先生阁下接到此信后应立刻采取必要措施，防止上述恶徒和僭称为帝者窜犯，如该犯进犯阁下据守之要塞，立即彻底消灭之。

"采取必要措施呢！"司令一面说，一面摘下眼镜，把信收起来。"你们看，说得多轻巧。看样子，那个坏家伙够厉害的。可是我们总共才一百三十人，没有算哥萨克，因为他们靠不住，这不是指你，马克西梅奇（哥萨克军士笑了笑）。不过没有办法呀，诸位军官先生！要认真对待，安排好放哨和夜间巡逻。要是来进犯，就关起寨门，带兵出击。马克西梅奇，你要好好注意你那些哥萨克。要把大炮检查检查，好好擦一擦。尤其是要严守秘密，不要让要塞里任何人过早地

064

知道这件事。"

司令作过一番吩咐之后，便让我们走了。我和什瓦布林议论着我们听到的事，一起走了出来。"你看，这事结局如何？"我问他。"天知道，"他回答说，"过一些日子会看出来的。眼下还看不出有什么大不了的，要是……"于是沉思起来，并且漫不经心地用口哨吹起一首法国歌剧的咏叹调。

尽管我们处处提防走漏风声，普加乔夫作乱的消息还是传遍了要塞。司令虽然非常尊重夫人，却怎么也不肯向她透露军事方面的机密。他收到将军的信以后，用相当巧妙的方法把她支开，对她说，好像盖拉辛神父从奥伦堡听到什么惊人的消息，却怎么也不肯说给人听。夫人立刻就想去拜访神父娘子，并且依照司令的意见，把玛莎也带上，免得她一个人在家里寂寞。

司令完全可以当家做主了，就派人召唤我们，并且把巴拉莎锁在下屋里，免得她偷听我们的话。

夫人在神父娘子处什么也没有打听到，回到家来却听说司令在她外出时开过会，并且还把巴拉莎锁了起来。她猜测到她是受了丈夫的骗，便去质问他。可是司令已准备好对策。他一点也不慌张，理直气壮地回答他的好奇的老伴儿：

"你听我说，孩子她娘，我们这儿的娘们儿想拿麦秸生火，这可是要出大祸，所以我下了一道严厉的命令，不准娘们儿用麦秸烧锅，只准烧枯树枝。""那你为什么要把巴拉莎关起来？"夫人问道，"我们不在家的时候，为什么把这个可怜的丫头锁在下屋里？"司令对这个问题却毫无准备；他支吾起来，嘟哝了两句，回答得驴唇不对马嘴。夫人看出丈夫在捣鬼；但她知道从他嘴里什么也问不出来，就不再问了，而是说起腌黄瓜的事儿，说神父娘子腌黄瓜的方法完全不同。她一整夜没有睡着，怎么也猜不出丈夫的头脑里究竟有什么玩意儿是她不能知道的。

第二天，她在做完弥撒回来的路上，看到伊凡·伊格纳季奇在从大炮里往外掏破布、石子、木片、骨头和各种各样的脏东西，那都是孩子们塞进去的。"干吗要做这些军事上的准备？"夫人想道，"是不是吉尔吉斯人要来进攻呀？不过，连这样的小事情老头子也要瞒着我吗？"于是她把伊凡·伊格纳季奇叫了来，一心要从他嘴里探听出折磨她那女人的好奇心的秘密。

夫人对他谈了家务方面的几点见解，就像一位法官，开头问一些无关紧要的问题，为的是首先让被告解除警惕。然后，她沉默了几分钟之后，长叹一声，摇着头说："我的上帝呀！多么坏的消息呀！怎么得了呀！"

"哎，夫人！"伊凡·伊格纳季奇回答说，"上帝是仁慈的：咱们有足够的兵力，火药有很多，大炮我也掏干净了。咱们会把普加乔夫打退的。上帝不会瞎眼，猪吃不了人！"

"这个普加乔夫是什么人呀？"司令夫人问。

这时伊凡·伊格纳季奇才发现说漏了嘴，赶快刹住话头。可是已经迟了。夫人逼着他把一切都说出来，答应他不对任何人说。

夫人遵守自己的诺言，没有对谁说一个字，只有神父娘子是例外，因为她家的牛还在草原上，可能会被强盗抢了去。

没过多久，所有的人都谈起普加乔夫。说法是各种各样的。司令派军士到附近村镇和要塞去好好探听情况。军士两天后回来，报告说，他在离要塞六十俄里之外的草原上看到许多火光，并且听到巴什基尔人说，来了一支不知是什么军队。不过，他说不出什么确切的情况，因为他再也不敢往前走了。

在要塞里，哥萨克们的情绪显然非常激动，与平时大不相同：他们在各条街道上聚集成一堆一堆的，悄悄议论着，一看到龙骑兵或者驻军士兵，就马上散开。派了一些人到他们当中去做眼线。尤莱是一个皈依正教的卡尔梅克人，他给司令提供了重要情报。据尤莱说，哥萨克军士的报告是假的：这个狡猾的哥萨克一回来就对他的同伙说，他到叛军里去过，见过他们的首领，那首领还让他吻了手，跟他谈了很久。司令立即把哥萨克军士关起来，派尤莱接替他的位子。哥萨克们听到这事儿，都明显地表示不满。他们大声发牢骚；伊凡·伊格纳季奇去执行司令的命令，就亲耳听他们说："等着瞧吧，你这个驻军的小头头儿！"司令本想当天就审讯关押的军士，那军士却逃跑了，肯定是他的同伙把他救出去的。

新的情况使司令更加不安。有一个巴什基尔人散发煽动叛乱的传单，被捉住了。因为这事司令想再召集军官开会，因此他又想找一个合适的借口把夫人支开。可是司令是一个极憨厚、极老实的人，除了已经用过一次的办法，再也想不出别的办法了。

"你听我说，孩子她娘，"他一面咳嗽着，对她说，"都说盖拉辛神父从城里听到……""别再扯谎了，老爷子，"夫人打断他的话，"你大概又想找人来开会，趁我不在，谈谈叶梅利扬·普加乔夫的事儿。这一回你可糊弄不了我啦！"司令把眼睛瞪得老大。

"好吧，孩子她娘，"他说，"你既然都知道了，那就留下来，我们就当着你的面谈谈吧。""这就对了，我的老爷子，"她回答说，"你耍花招可不行；那就派人去请军官们吧。"

我们又一次被召集了来。司令当着夫人的面给我们念了普加乔夫的檄文，檄文是由一个粗通文墨的人写的。这个强盗声称很快就要进攻我们的要塞。号召哥萨克和士兵加入他们的一伙；告诫军官们不要反抗，否则将处以死刑。檄文措词粗鲁而强硬，会对一般平民百姓的思想产生很危险的影响。

"好一个无赖！"夫人叫起来，"胆敢对我们指手画脚！叫我们出去迎接他，把军旗放到他的脚下！哼，这个狗崽子！难道他不知道，我们在军中已有四十年，什么场面都见过？难道有这种听从强盗命令的指挥官吗？"

"恐怕，不会有，"司令回答说，"不过，听说，那个坏家伙已经攻占许多要塞了。"

"可见，他确实是很厉害的。"什瓦布林说。

"不过咱们马上就可以看到他究竟有多么厉害了，"司令说，"孩子她娘，你把谷仓的钥匙给我。伊凡·伊格纳季奇，去把那个巴什基尔人带来，叫尤莱把鞭子拿来。"

"等一等，老爷子，"夫人说着，站了起来，"让我把玛莎从家里带到什么地方去；要不然，她听到叫声会吓坏的。而且，说实话，我也不喜欢看审讯。再见吧。"

古代的刑讯在诉讼程序中已成为根深蒂固的习惯，所以取消刑讯的恩旨很长时间不能付诸实施。人们一直以为，为了充分证实罪犯的罪行，必须有罪犯的亲口供词，这种想法不仅是没有根据的，甚至完全违反正常的法律观念：因为，如果被告的否认不能作为他无罪的证据，那么被告的供认更不应成为他有罪的证据。甚至到了现在，我还常常听到有一些老法官对于取消这种野蛮的习惯表示遗憾。而在我们那时候，不论是法官还是罪犯，都不曾怀疑过刑讯的必要性。因此，我们听了司令的命令，谁也不觉得奇怪或不安。伊凡·伊格纳季奇便去带那个被夫人锁在谷仓里的巴什基尔人，过了几分钟，就把囚犯带进了前厅。司令吩咐把他带进来。

巴什基尔人吃力地跨过门槛（他戴着脚镣），摘下自己的高高的毛皮帽，在门口站了下来。我抬眼朝他一看，不禁浑身打了个哆嗦。我再也不会忘记这个人。他在七十岁开外，没有鼻子，也没有耳朵。他的头发被剃光了；没留大胡子，只有几根白白的小胡子往上翘着。他小小个头儿，干瘦干瘦的，弯腰驼背；不过一双细细的眼睛还像火一样闪着亮光。

"哼！"司令一看到他那可怕的样子，知道他是1741年受刑的一个暴徒，便对他说，"看得出，你是一只老狼了，在我们的兽笼里关过的。就是说，你已经不是第一次造反了，因为你的脑袋已经剃得那样光。走过来一点儿；你说说，是谁派你来的？"

老巴什基尔人一言不发，带着一副完全不理解的神气看着司令。

"你怎么不说话呀？"司令又问，"是不是不懂俄罗斯话？尤莱，你用你们的话问他，是谁派他到我们要塞来的？"

尤莱用鞑靼语把司令的问话重说了一遍。但老巴什基尔人仍然带着那样的表情看着他，一句话也没有回答。

"好吧，"司令说，"我会叫你开口的。伙计们！把他的混蛋条纹长袍剥下来，照他背上狠抽。尤莱，你注意：好好收拾他一顿！"

两个残废兵便动手剥巴什基尔人的衣服。可怜的老头子脸上露出惊慌的神色。他朝四下里打量着，就像一只被孩子们逮住的小动物。一个残废兵抓住他的两条胳膊，将胳膊搭在自己的脖子旁边，用肩膀把老头子架起来。尤莱拿起鞭子抽了起来，这时老巴什基尔人用微弱的、恳求的声音呻吟起来，一面点着头，把嘴巴张开，那嘴里竟没有舌头，只有短短的舌根蠕动着。

现在我一想起这事儿就发生在我的时代，如今却见到亚历山大皇帝的仁政，就不能不惊讶文明进步之快和人道精神传播之广。年轻人呀，年轻人！如果我的回忆录落到你的手里，那你不要忘记，最好和最可靠的变革是通过移风易俗进行的，而不是靠什么暴力震慑。

当时大家都吃了一惊。"嗯，"司令说，"看来，从他身上是得不到什么的。尤莱，把这个巴什基尔人送回谷仓去。诸位，咱们再谈谈吧。"

我们谈起我们面临的局势；突然司令夫人带着一脸惊慌失措的神气，气喘吁吁地走了进来。

"你这是怎么啦？"司令惊慌地问。

"我的老天爷呀，糟啦！"夫人说，"下湖要塞今天早上失守了。盖拉辛神父家的长工刚刚从那儿回来。他看到是怎样进攻要塞的。司令和军官都被绞死。所有的士兵都被俘虏。眼看暴徒们就要到这儿来了。"

这个意外消息使我十分震惊。下湖要塞的司令是一个温文尔雅的年轻人，我认识他：两个多月前他带着年轻妻子离开奥伦堡，从这儿路过，在司令家里逗留过。下湖要塞离我们的要塞有二十五俄里。普加乔夫随时都会向我们进攻。我为玛莎小姐的命运提心吊胆，我的心紧张得不得了。

"伊凡·库兹米奇，您听我说！"我对司令说，"咱们的责任是誓死保卫要塞，这没有什么好说的。不过应该考虑考虑女眷们的安全。要是道路还能通行的话，就把她们送到奥伦堡，或者送到远些、更安全一些、暴徒一时还打不到的要塞去。"

司令转过身去对着夫人，对她说："孩子她娘，你听见吗？真的，在我们还没有打退暴徒以前，是不是把你们送到远一些的地方去？"

"咦，胡扯什么！"夫人说，"哪里有子弹打不到的要塞？白山要塞怎么不可靠？感谢上帝，我们在这儿住了有二十二个年头了。我们见过巴什基尔人，也见过吉尔吉斯人；普加乔夫来了，咱们也守得住！"

"哎呀，孩子她娘，"司令表示不同意，"你要是觉得我们的要塞可靠，那你就留下来。可是玛莎不走怎么行呀？要是我们能守得住，或者等到了援兵，那很好；万一暴徒攻下要塞，那怎么办？"

"哦，那样的话……"夫人一时回答不上来，就带着一脸焦急的神气停住不说了。

"不行啊，孩子她娘，"司令发现他的话也许是有生以来第一次起了作用，就继续说，"玛莎留在这儿不行啊。咱们把她送到奥伦堡她的教母家去：那里的军队和大炮都有很多，城墙也是石头的。我也劝你跟她一起到那儿去。别看你是个老太婆，万一要塞被攻破，看你怎么办！"

"好吧，"夫人说，"就这样办，把玛莎送走。可是你做梦也别想要我走：我不走！我这么大年纪了，犯不着跟你分离，一个人去死在外地。活在一起，死也要在一起。"

"这样也行，"司令说，"好吧，事不宜迟。你就去为玛莎出门打点打点。明天天亮以前就送她走，还得派人护送她，虽然我们这儿没有什么多余的人。哦，玛莎哪儿去了！"

"在阿库利娜·潘菲洛芙娜家里呢。"夫人回答说，"她一听说下湖要塞失守，就感到不舒服；我怕她会生病。天啊，咱们怎么这样倒霉呀！"

司令夫人便去张罗送女儿的事。司令继续说他的话；但我已经不再插嘴说话，而且什么也不再去听了。玛莎小姐到吃晚饭的时候才回来，脸色煞白，泪汪汪的。我们一声不响地在司令家吃过晚饭，比平时更快地离开餐桌；和他们一家人告过别，便各自回住处了。不过我故意忘记拿我的佩剑，又回去拿；我预感到，我会单独见到玛莎小姐的。果然，她在门口迎住我，把剑交给我。

"再见吧，彼得·安得列伊奇！"她噙着泪对我说，"要把我送到奥伦堡去了。祝您平安和幸福吧；也许上帝会让我们再见面的；要是不能……"她说到这里，痛哭起来。我抱住她。"再见吧，我的天使，"我说，"再见吧，我亲爱的，我的心上人！不论我会怎么样，你可以相信，我在最后一息想着的是你，最后的祷告也一定是为了你！"玛莎将身子贴在我胸前，痛哭着。我带着火一样的感情吻了吻她，便急忙从房里走了出来。

第七章　进攻

我的头领呀，好头领，

我的头领能征惯战！

我的好头领戎马一生，

整整三十又三年。

唉，我的头领没享到欢乐，

也没挣得像样的家产，

没有听到赞扬的好话，

也没得到显赫的官衔。

我的好头领只是得到

两根高高的木柱，

一段打横的械木，

还有一个丝绳套。

——民歌

这一夜我没有睡觉，也没有宽衣。我想在天快亮的时候到要塞寨门口去，玛莎小姐必然从那儿动身，我可以在那儿和她最后一次告别。我觉得我内心有很大的变化：心灵的激动不安不再使我感到心头怎样沉重了，使我难以自拔的是才感染不久的沮丧情绪。在我心中，同离愁别恨交织在一起的，有模糊而甜蜜的希望，有对危险的焦急等待，有崇高的荣誉感。黑夜不知不觉地过去了。我正想出门，房门却突然打开了。军曹走进来报告说，我们的哥萨克抓走尤莱，冲出了要塞，要塞附近已经有不明来历的人马在活动了。我一想到玛莎小姐还没有走掉，就不寒而栗；我匆匆向军曹吩咐了几句，就立刻跑去见司令。

天已经亮了。我在街上飞跑着，突然听到有人喊我。我站下来。"您上哪儿去？"伊凡·伊格纳季奇一面追我，一面说，"司令在寨墙上，派我来找您。普加乔夫来了。""玛莎小姐走了吗？"我的心怦怦跳着，问道。"没来得及，"伊凡·伊格纳季奇回答说，"去奥伦堡的路被切断了；要塞被包围了。糟啦，彼得·安得列伊奇呀！"

我们走上城墙，朝一块围了栅栏的天然高地走去。要塞里的人已经全聚集在那儿了。驻军都持枪站着。大炮昨天就拖到这里。司令在很小的一队人马前面走来走去。这位久经战场的军人因为危险临近，斗志昂扬，精神倍增。在草原上，离要塞不远处，有二十来个人骑马奔跑着。看样子，那是一些哥萨克，但其中也有巴什基尔人，从他们的山猫皮帽和箭袋可以很容易认出来。司令巡视了自己的队伍，就对士兵们说："喂，弟兄们，今天咱们要保卫女皇圣驾了，要向天下人证明，我们是英勇顽强，忠于女皇的！"士兵们齐声高呼，表示愿意效忠。什瓦布林站在我旁边，注视着敌人。那些骑马在草原上跑来跑去的人，发现要塞里的动静，便凑到一堆，商量起来。司令吩咐伊凡·伊格纳季奇把大炮对准那一堆人，并且亲自点燃了导火线。炮弹叫啸起来，从那一堆人头顶上飞过，没有造成任何伤亡。那些骑马的人一下子散开，立刻跑得不见人影，草原上空空荡荡了。

这时司令夫人到寨墙上来了，玛莎不肯离开她，也跟着她来了。"喂，怎么样？"司令夫人说，"仗打得怎么样？敌人在哪儿？""敌人就在不远的地方，"司令回答说，"上帝会保佑，一切都会平安无事的。怎么样，玛莎，你害怕吗？""不怕，爸爸，"玛莎回答说，"一个人在家里倒是可怕些。"这时她抬眼朝我看了看，并且强露了一下笑容。我想起昨天从她手里接过的我的佩剑，不由得握紧了剑柄，好像这就是保护我的心上人的。我的心热腾腾的。我想象自己成为保护她的英雄。我一心要证实我是不负她的信赖的，并且焦急地等待着决战时刻。

这时候，从离要塞半俄里的一道丘岗后面跑出一群又一群骑马的人，不一会儿，草原上就到处是手执长矛和带弓箭的人了。他们当中有一个人骑白马，穿红袍，手握马刀：那就是普加乔夫。他勒住马；一些人围拢上去，有四个人显然是听了他的号令，纵马一直飞驰到要塞脚下。我们认出他们是叛变的哥萨克。其中一个人拿着一张纸，放在皮帽里；另有一个人用长矛挑着尤莱的头，将长矛一挥，人头便飞过栅栏，朝我们飞来。这可怜的卡尔梅克人的头落到司令的脚下。叛变的哥萨克大声吆喝："别开枪；快出来迎接皇上。皇上在这儿！"

"看我教训你们！"司令喊道，"弟兄们，开枪！"我们的士兵一阵齐射。拿信的哥萨克身子晃了晃，便滚下马来；其余几个立即掉头往回跑。我看了看玛莎小姐。她看见尤莱血淋淋的头，听到枪声，已经吓昏了。司令叫来军曹，叫他去把被打死的哥萨克手上的那封信拿来。军曹走到田野上，回来的时候把死者的马也牵了来。他把信交给司令。司令把信看了一遍，就撕成碎片。这时暴徒们显然准备进攻了。不一会儿，子弹就在我们耳边叫啸起来，有几支箭扎进我们身边的土地里和围墙上。"孩子她娘！"司令说，"这里没有娘们儿的事儿；快把玛莎带走；你瞧：这孩子已经吓坏了。"

被子弹啸声吓呆了的司令夫人朝草原上一看，看出草原上的暴徒要大举进攻了。她回过头来对丈夫说："伊凡·库兹米奇，生死都是天定的：你给玛莎祝福吧。玛莎，到你爹这儿来。"

玛莎脸色煞白，浑身颤抖，走到司令面前，跪下来，给他叩了一个头。老司令对她画了三个十字，然后把她扶起来，吻了吻，就用变了音的嗓门儿对她说："嗯，玛莎，祝你幸福。要祷告上帝：上帝会保佑你的。要是找到个好人，上帝会让你们幸福美满的。你们在一起生活，要像我和你妈一样。好啦，再见吧，玛莎。孩子她娘，快点儿带她走吧。"玛莎扑上去搂住他的脖子，大哭起来。"咱们也接个吻吧，"司令夫人哭着说，"再见吧，我的伊凡·库兹米奇。要是过去有什么不周到的地方，就原谅我吧！""再见，再见吧，孩子她娘！"司令抱住他的老伴说，"好，行了！你们走吧，回家去吧；要是来得及的话，你给玛莎换一件农家女长袍。"司令夫人便带着女儿走了。我目送玛莎小姐。她回过头来，向我点了点头。这时司令转过身来朝着我们。他的注意力全部转到敌人方面了。暴徒们都聚集在他们的首领周围，而且突然纷纷从马上下来。"现在要坚决顶住，"司令说，"要发起猛攻了……"就在这时候，响起可怕的呼哨声和呐喊声；暴徒们飞跑着向要塞冲来。我们的大炮已经装了霰弹。司令让他们来到最近的距离内，突然又开了一炮。霰弹打到一群人正当中。暴徒们往两边躲了躲，并且往后退了退。他们的首领一个人留在前面……他挥舞着马刀，好像是很起劲儿地在煽动他们……停息了一会儿的呼哨声和呐喊声又响了起来。"喂，弟兄们，"司令说，"现在把寨门打开，把鼓擂起来。弟兄们！前进，跟我冲出去！"

司令、伊凡·伊格纳季奇和我转眼之间就冲到寨墙外；但是胆怯的驻防部队却动也未动。"弟兄们，你们怎么还站着？"司令吆喝起来，"死就死呗：这是军人的天职！"就在这时候，暴徒向我们冲来，并且涌进了要塞。鼓声停息了；驻防部队都丢下枪；我被撞倒在地，但我又爬起来，和暴徒们一起进了要塞。司令头部受了伤，站在一群暴徒中间，暴徒们要他交出钥匙。我本想跑过去救他，可是好几个强壮的哥萨克把我抓住，用腰带把我捆起来，说："你们违抗皇上，等着瞧吧！"把我们拖到街上。老百姓纷纷拿着面包和盐出来欢迎。响起了钟声。突然人群里有人喊起来，说皇上在广场上等候俘虏，接受宣誓。人群向广场涌去；我们也被拖到广场上。

普加乔夫在司令家的台阶上，坐在安乐椅上。他身穿绣金的哥萨克大红袍。高高的貂皮帽带有金色流苏，一直扣到他那炯炯有神的眼睛上。我觉得这人很面熟。他周围站的是几个哥萨克头目。盖拉辛神父脸色煞白，浑身哆嗦着，站在台阶旁边，手里拿着十字架，似乎在默默地恳求他饶恕面临死难的人。广场上有人在匆忙地竖立绞刑架。等我们走近了，一些巴什基尔人把人群驱散，把我们带到普加乔夫面前。钟声停了。一时间鸦雀无声。"哪一个是司令？"自封的皇帝问道。我们那个军士从人群中走出来，朝伊凡·库兹米奇指了指。普加乔夫威严地看了看老头子，对他说："你怎么胆敢反抗我，反抗你的皇上？"司令受了伤已经没有什么力气，这时使出最后一点劲儿用强硬的口气回答说："你不是我的什么皇上，你是强盗，自封的皇帝，听见没有！"普加乔夫阴沉地皱起眉头，挥了挥白手帕。几个哥萨克便揪住老上尉，把他拖到绞刑架那里去。我们昨天审讯过的那个残废的巴什基尔人骑在绞架的横木上。他用手拉着绳子，过了一会儿，我就看到可怜的司令被吊在空中了。接着又把伊凡·伊格纳季奇带到普加乔夫面前。"你向彼得·菲多罗维奇皇帝宣誓效忠吧！"普加乔夫对他说。"你不是我们的皇帝，"伊凡·伊格纳季奇把上尉说的话又说一遍，"你这家伙是强盗，自封的皇帝！"普加乔夫又挥了挥手帕，善良的中尉就被吊在老上司旁边了。

现在轮到我了。我毫不畏惧地看着普加乔夫，准备把我的两位大义凛然的同事的回答再重复一遍。这时我突然看到什瓦布林也在暴徒的头目当中，头发剃成了一个圆圈儿，穿起哥萨克袍子，我的惊讶是难以形容的。他走到普加乔夫身边，对着他的耳朵说了几句话。"绞死他！"普加乔夫连看也不看我，就说道。绞索一下子就套到我的脖子上。我默默地祷告起来，向上帝诚心诚意地忏悔我所有的罪孽，祈求上帝拯救我所爱的一切人。我被拖到绞刑架下。"别害怕，别害怕。"暴徒们一遍又一遍对我说，也许是真的想给我鼓励。忽然我听到叫喊声："等一等，你们这些该死的东西！等一等啊！……"刽子手们站住了。我一看，只见萨维里奇俯伏在普加乔夫脚下。"亲爹呀！"可怜的老人家说，"你杀了我家少爷有什么好处呀？把他放了吧，会给你赎金的；要是为了做样子，表示儆戒，你就叫他们把我这个老头子绞死吧！"普加乔夫打了个手势，暴徒们立刻给我解下绳索，把我放了。"我们的父亲对你开恩了。"他们对我说。此时此刻，我对自己免于一死说不上高兴，也说不上遗憾。我的心情太乱了。他们又把我带到自封的皇帝面前，逼着我向他跪下。普加乔夫向我伸过一只露着青筋的手。"快吻手，快吻手！"在我旁边的人说。可是我宁愿接受最残酷的死刑，也不愿这样低三下四地受辱。"彼得·安得列伊奇少爷呀！"萨维里奇站在我背后，捅了捅我，小声对我说，"别固执了！这又算得什么？吻就吻这强……（呸！）就吻吻他的手吧！"我动也未动。普加乔夫放下手，冷笑着说："这位先生大概是高兴得糊涂了。扶他起来吧！"于是把我扶起来，把我放掉了。我就观看起这出可怕的闹剧怎样演下去。

老百姓都开始宣誓效忠。他们一个个走过去吻十字架，然后向自封的皇帝行礼。驻防军的士兵们也都站在这儿。连里一名裁缝拿着他那把不快的剪刀，在给他们剪辫子。他们抖搂着身上的头发，走过去吻普加乔夫的手，普加乔夫表示饶恕他们，并接受他们入伙。这一切延续了有三个小时。最后，普加乔夫从安乐椅上站起来，在手下众头目簇拥下走下台阶。给他牵来一匹白马，备有华贵的马鞍。两个哥萨克扶着他上了马。他对盖拉辛神父说，要在他家里吃饭。就在这时候，听到有女人号叫的声音。几个匪徒把披头散发、剥光了衣服的司令夫人拖到了台阶上。其中有一个已经穿起了她的坎肩。另外一些人正在把羽毛褥子、箱子、茶具、衣服和坛坛罐罐往外搬。"我的老天爷呀！"可怜的老司令夫人呼喊着，"别再折腾我了！我的亲爷呀，把我送到伊凡·库兹米奇那里去吧！"她突然抬头看了看绞架，认出自己的丈夫。"你们这些强盗！"她疯狂地叫起来，"你们对他怎么能这样呀？我的亲人伊凡·库兹米奇呀，你这个能征惯战的好汉！普鲁士的刺刀、土耳其的子弹都没有伤到你，在光荣的战斗中你也没有牺牲，却死在一个逃犯手里！""叫这个老妖婆闭嘴！"普加乔夫说。于是一个年轻的哥萨克举起马刀朝她头上砍去，她倒下去，死在台阶上。普加乔夫骑着马走了；人群涌过去，跟在他后面。

第八章　不速之客

不速之客比鞑靼人还可恶。

——谚语

广场空了。我还站在原来的地方，因为看到这样可怕的场面，惊惶翻腾的心还没有镇定下来。

最使我痛苦的是不知道玛莎小姐的情形。她在哪儿？现在她怎样了？是不是来得及藏起来？藏的地方是不是可靠？……我又担心又害怕地走进司令的家……房子里空荡荡的；桌椅橱柜全被砸坏，碗碟杯盘全被砸碎；能抢走的全被抢走。我跑上通正房的楼梯，平生第一次进入玛莎小姐的房间。我看到她的床铺被强盗们翻得乱糟糟的，衣橱被砸坏，里面的东西被抢光，空了的神龛前面的长明灯还亮着。挂在隔墙上的小镜子也还完好……这简朴的闺房的主人究竟在哪儿呀？我脑子里闪过一个可怕的念头：我想到她可能落入强盗之手……我的心紧缩起来……我伤心地、非常伤心地哭起来，大声呼唤我心上人的名字……就在这时候，我听见轻微的响动声，从衣橱后面走出巴拉莎，脸色煞白，浑身哆嗦着。

"哎呀，彼得·安得列伊奇！"她把两手一拍，说，"这是什么世道！多么可怕呀！……"

"玛莎小姐呢？"我急不可待地问道，"玛莎小姐怎样啦？""小姐还活着，"巴拉莎回答说，"她藏在神父娘子那儿。""在神父娘子那儿！"我吓得叫起来，"我的天呀！普加乔夫就在那儿呀……"

我从房里跑出来，转眼间来到街上，就飞也似的朝神父家跑去，一路上什么也不看，什么也不顾了。神父家里闹哄哄的，叫嚷声，笑声，歌声……普加乔夫正在和他的同伙宴饮。巴拉莎也跟着我跑来了。我叫她悄悄地把神父娘子叫出来。过了一会儿，神父娘子就拿着一个空酒瓶来到门廊里迎我。

"行行好吧！告诉我，玛莎小姐在哪儿？"我怀着难以形容的激动心情问道。

"我那好孩子躺在我的床上，在里面屋里呢，"神父娘子回答说，"哎呀，彼得·安得列伊奇，差一点出事儿呀，不过，谢天谢地，一切都平平安安过去了：那强盗刚刚坐下来吃饭，我那可怜的孩子就醒过来，呻吟起来！……我简直吓呆了。他听见了，就问：'这里谁在你屋里叹气，老婆子？'我给强盗鞠了个躬，回答说：'是我的侄女，皇上；她生病了，睡在床上呢，已经有一个多礼拜了。''你侄女年轻吗？''还年轻，皇上。''叫你侄女出来让我看看，老婆子。'我的心简直要跳出来了，可是没有法子。'对不起，皇上，这孩子就是不能起床，不能来见陛下呀。''好吧，老婆子，那我就亲自去看看。'于是该死的强盗朝里间走来。你猜怎样！他掀起帐子，用他那老鹰一样的眼睛看了看！——还好……上帝拯救了她！你是不是相信，我和老头子当时已经准备好去殉难了。幸亏我的好孩子也没有认出他来。主啊，我们怎么活到这种年头呀！有什么好说的呀！可怜的伊凡·库兹米奇呀！谁又能想到啊！……还有瓦西丽莎·叶戈罗芙娜呢？还有伊凡·伊格纳季奇呢？为什么绞死他？……

怎么倒把你饶过了？可是什瓦布林·阿列克赛·伊凡内奇，又怎么样？他把头发剃成圆圈儿，这会儿在我们这儿跟他们一起大吃大喝了！没说的，太狡猾了！在我说到侄女生病的时候，他看了我一眼，你信不信，那一眼就像一把刀子，要把我戳穿；不过他没有说出来，这是要感谢他的。"就在这时候，听到客人们醉醺醺的叫嚷声和盖拉辛神父的声音。是客人们要酒喝，主人在呼唤老伴儿。神父娘子着了忙。"你快回去吧，彼得·安得列伊奇，"她说，"我这会儿顾不上您了；强盗们喝得上了劲儿。您要是落到醉鬼手里，那就糟了。再见，彼得·安得列伊奇。听天由命吧；也许上帝会保佑咱们的。"

神父娘子走了。我多少放心一些了，就回自己的住处去。从广场旁边走过的时候，看到好几个巴什基尔人挤在绞架旁边，在剥死者的靴子。我觉得干预也无益，就使劲儿把怒火压下去。强盗们在要塞里跑来跑去，洗劫军官们的家。到处可以听到喝得醉醺醺的暴徒的叫嚷声。我回到住处。萨维里奇在门口迎住我。"谢天谢地！"他一看见我，就叫起来，"我还以为，强盗们又把你抓去了呢。唉，彼得·安得列伊奇少爷呀！你可相信，强盗把咱们的东西抢光啦？衣服、被单、碗碟一样也不剩。不过，那又算什么！谢天谢地，把你放了，让你活下来！少爷，你可认出他们的首领？"

"没有，没认出来；他究竟是什么人？"

"你怎么啦，少爷？你怎么忘了在客店里骗走你的皮袄的那个酒鬼呀？兔皮袄还是崭新的呀；可是他这家伙使劲儿撕扯开，就往身上硬套！"

我非常惊愕。确实，普加乔夫跟我那个领路人像得出奇。我这才明白，普加乔夫就是那个领路人；这才明白，为什么把我饶过了。我不能不惊讶，竟有这样奇怪的巧合：送给流浪汉一件小皮袄，竟使我逃脱绞刑；一个到处游荡的酒鬼，竟然攻占许多要塞，震撼了整个国家！

"你想吃点东西吗？"还没有改变习惯的萨维里奇问道，"家里什么都没有了；我去找找，给你做点儿什么吃的。"

剩下一个人，我沉思起来。我怎么办呢？留在暴徒占领的要塞里，或者追随他们成一伙，在一个军官来说，都是很不成体统的。军人天职要求，在目前危难的局面下，我应该到我还能为祖国效力的地方去……但爱情却强烈地要求我留在玛莎小姐身边，保护她，照顾她。虽然我预料形势无疑会很快转变，但我想到她的危险处境，还是不能不担心害怕。

一个哥萨克跑来找我，打断我的思绪。他通知我说："皇上召见你。""他在哪儿？"我准备听从，就问道。

"在司令的房子里，"哥萨克回答说，"饭后我们的老爷子去洗过澡，这会儿在休息呢。您大人要知道，从各方面看出来，他是一个贵人：一顿饭吃了两头烤小猪，能洗那样热的蒸汽澡，连塔拉斯·库罗奇全都吃不消，把桦笤帚交给福姆卡·比克巴耶夫，浇过些冷水才好不容易喘过气来。没说的，他的一举一动都是那么威严……听说，在澡堂里他让人看了看他胸前的帝王印记：一边是双头鹰，有五戈比硬币那样大；另一边是他的头像。"

我觉得没必要反驳这个哥萨克的说法，就跟他一起朝司令的房子走去，一面想象着和普加乔夫见面的情形，并且竭力揣测这次见面会怎样收场。读者不难想象，当时我不是非常冷静的。

我来到司令家门前时，天已经开始黑了。吊着死人的绞架黑乎乎的，非常可怕。可怜的司令夫人的尸体依然横躺在台阶脚下；台阶上有两个哥萨克在站岗。带我来的那个哥萨克进去通报，一会儿就回来，把我带进一个房间，昨天我就是在这儿依依不舍地和玛莎小姐告别的。

　　我面前出现了不同寻常的情景：一张铺了台布的餐桌上摆满酒瓶和酒杯，餐桌后面坐的是普加乔夫和十来个哥萨克头目，戴着皮帽，穿着花衬衫，喝酒喝得来了劲儿，脸红红的，眼睛亮闪闪的。什瓦布林、我们那个军士以及新入伙的哥萨克，都不在其中。"哦，先生来了！"普加乔夫一看见我，就说，"欢迎欢迎；请坐请坐，请不要见外。"在座的人多少挤了挤。我一声不响地在桌子边上坐下来。我旁边一个挺拔而英俊的年轻哥萨克给我斟了一杯白酒，我碰也没有碰。我好奇地打量起这一伙人。普加乔夫坐在首位，胳膊肘撑在桌子上，用他那老大的拳头托着黑黑的大胡子。他的相貌又端正又相当可爱，一点也不显得残暴。他不时和一个五十来岁的人说话，有时称他伯爵，有时称他季莫菲伊奇，有时还尊称他大叔。所有的人彼此都以同伴对待，也不对自己的首领表示特别的恭敬。他们谈的是早晨的进攻、暴动以来的胜利和今后的行动。每个人都夸耀自己的功绩，发表自己的意见，并且无拘无束地和普加乔夫争论。就在这个奇怪的军事会议上，决定了向奥伦堡进军：这是一次大胆的行动，而且这次行动差一点取得成功，酿成灾难！进军就定在明天。"来吧，弟兄们，"普加乔夫说，"咱们来唱唱我喜欢的一支歌儿，唱了歌儿好睡觉。丘马科夫！你开个头儿！"坐在我旁边的年轻哥萨克用尖细的嗓门儿唱起悲壮的纤夫之歌，接着大家就一齐唱起来：

　　别嚷嚷，亲爱的绿橡树，

　　别打扰我好汉想心事。

　　明天我好汉要去受审判，

　　去见沙皇这个威严的法官。

　　皇上要亲自把我审问：

　　你这个农民的孩子，你说说，

　　你跟谁一起偷窃，一起抢劫，

　　是不是还有很多同伙儿？

　　正教的沙皇，你听着，

　　我把真情实话对你说说，

　　我的同伙儿一共有四个：

　　第一个同伙儿是黑夜，

　　第二个同伙儿是宝刀，

　　第三个同伙儿是骏马，

第四个同伙儿是强弓，

我派出的密探就是利箭。

那正教的沙皇就会对我说：

好啊，你这农家孩子，

你又会抢劫，又能言善辩！

我要给你这孩子赏赐：

在空地上竖两根柱子加一截横木，

就给你做高高的官殿。

我听到这些注定要受绞刑的人唱起有关绞刑的民歌，真说不清在我心中激起的是什么样的波澜。他们那威风凛凛的面容、和谐的声音，他们为悲壮的歌词增添的悲壮激情——这一切震撼了我的心灵，使我感受到诗歌的威力。

客人们又每人干了一杯，就站起来向普加乔夫告别。我也想跟他们走了，可是普加乔夫对我说："你坐下；我想和你聊聊。"我们就面对面坐下了。

我们都一言不发地过了几分钟。普加乔夫凝神看着我，偶尔带着一种调皮和嬉笑的奇怪表情眯起左眼。终于，他笑起来，而且，笑得那样开心，所以我望着他也笑起来，自己也不知道为什么笑。

"怎么样，先生？"他对我说，"你说实话，我那些弟兄们把绳子套在你脖子上的时候，你害怕了吧？我看，恐怕魂都飞上天了……要不是你那个老家人，你就在横木上晃悠了。我一下子就认出了那个老家伙。哦，你可曾想到，先生，那个把你带到客店的人，就是我这个大皇帝？（于是他摆出一副又威严又神秘的架势。）你对我犯了很大的罪，"他继续说，"不过我赦免了你，因为你人品好，就在我不得不处躲避敌人的时候，你给了我帮助。而且你会看到，何止这一点呀！等我得了天下，我会好好赏赐你的！你能保证效忠于我吗？"

这骗子的问话和他的胆大妄为，使我觉得非常滑稽可笑，我忍不住笑了笑。

"你笑什么？"他皱着眉头问我，"你是不是不相信我是大皇帝？老实回答我。"

我为难了：承认这流浪汉是皇帝，我办不到，因为我觉得这是不可饶恕的怯懦。当面说他是骗子——那是自招死亡；当时我在绞刑架下，在怒火中烧时在大庭广众之下表现出那种态度，现在我觉得那样逞英雄是无益的了。我犹豫起来。普加乔夫阴沉着脸等待我回答。终于（至今我还非常得意地记着这一时刻）我的责任感在我心中战胜了人类的弱点。我回答普加乔夫："你听着：我对你说的全是实话。你想想看，我能承认你是皇帝吗？你是一个聪明人：就算是我承认了，你也会看出我说的不是真心话。"

"依你看，我究竟是什么人？"

"那就只有天知道了；反正不管你是什么人，你是在开一种危险的玩笑。"

普加乔夫迅速地看了我一眼。"这么说，你不相信我是彼得·菲多罗维奇皇帝喽？"他说，"好吧。不过，难道好汉就不能成大事吗？古时候格里什卡·奥特列皮耶夫不是也曾经称帝吗？你想把我看作什么人就看作什么人好啦，可是你不要离开我。你管那么多事干什么？谁当神父，谁就是爹。你要是为我效忠，我就封你为元帅和公爵。你以为怎样？"

"不，"我坚定地回答说，"我生来就是贵族；我向女皇宣过誓，不能为你效劳。你要是真正好心对待我，那就放我到奥伦堡去。"普加乔夫沉思起来。"要是我放了你，"他说，"你是不是可以保证，今后至少不再反抗我？"

"这一点我怎么能向你保证呢？"我回答说，"你应该知道，这由不得我：上级叫我反抗你，我就得上前，没有办法。你现在自己是首领，你也要部下服从你呀。需要我效力的时候，我不肯效力，那又像什么话呢？我的命在你手里：你要是放了我，那谢谢你；你要是杀了我，上帝自会审判你。我对你说的都是实话。"

我的真诚震动了普加乔夫。"那就这样吧，"他拍着我的肩膀说，"杀了就杀了，饶了就饶了。你想去哪儿就去哪儿，想干什么就干什么好啦。明天你来和我告别，现在就去睡吧，我也要睡了。"

我离开普加乔夫，来到街上。这是一个无风而寒冷的夜晚。月亮和星星都很明亮，照得广场和绞架清清楚楚的。要塞里到处都很安静，到处都黑乎乎的。只有小酒店里还亮着灯火，还有来迟的浪荡汉的叫嚷声。我朝神父家看了看。护窗和大门都已经关上。看来，里面一切都平安无事了。

我回到自己的住处，看到萨维里奇因为我没回来正在发愁。他一听说我可以自由了，真说不出有多么高兴。"主啊，真感谢你！"他画了个十字，说，"天一亮咱们就离开要塞，哪儿有路就往哪儿去。我给你做了一点儿吃的；你吃点儿吧，少爷，吃过了就安安稳稳睡一夜，像睡在基督怀里那样。"

我听从他的劝告，津津有味地吃过晚饭，就在光光的地板上睡着了，因为精神和身体都疲乏极了。

第九章　离别

和你亲近甜如蜜，
姑娘呀，好姑娘！
和你分别好悲伤，
像告别灵魂一样。

——赫拉斯科夫 [①]

清晨，鼓声把我惊醒。我朝集合的地方走去。普加乔夫的人马已经在绞架旁边排成队伍，绞架上还吊着昨天的牺牲者。哥萨克们都骑在马上，士兵们都持着枪。旌旗猎猎飘扬。几尊大炮已经装到行军炮架上，其中有一尊我认出是我

[①]　赫拉斯科夫（1733—1807），俄国诗人和戏剧家。

们的。所有的居民也都在这儿等候自封的皇帝。在司令家的台阶旁边，一个哥萨克牵着一匹吉尔吉斯种的白色骏马。我用眼睛寻找司令夫人的尸体。尸体已经被挪到一边，盖着芦席。终于，普加乔夫走出门来。大家都摘下帽子。普加乔夫在台阶上站下来，向大家问好。一个头目递给他一袋铜钱，他便一把一把地把铜钱撒了开去。大家又叫又嚷地跑过来抢钱，免不了有受伤的。普加乔夫由他的一些主要的同伙簇拥着。什瓦布林也在其中。我们的目光相遇了；他看出我的目光里有轻蔑的意味，便带着真正恼恨和故作嘲笑的神情转过身去。普加乔夫看见我在人群里，便向我点点头，叫我过去。"你听着，"他对我说，"你现在就到奥伦堡去，代我告诉省长和所有的将军，过一个礼拜我就到那儿去，叫他们等候我。你劝他们迎接我，像孩子一样爱戴我，听从我；要不然他们逃脱不了严厉的死刑。一路平安，先生！"然后他转过身朝着大家，指着什瓦布林说："弟兄们，这是你们的新指挥官，你们要听从他的指挥，他负责替我指挥你们，掌管要塞。"我听到这话十分害怕：什瓦布林当上要塞司令了；玛莎小姐落到他手里了！天啊，她会怎么样呀！普加乔夫下了台阶。给他牵过马来。几个哥萨克本想扶他上马，可是他一腾身就跨了上去。

就在这时候，我看到我的萨维里奇从人群中走了出来，走到普加乔夫面前，递给他一张纸。我猜不出这是要干什么。"这是什么？"普加乔夫很威风地问道。"你看一看，就知道了，"萨维里奇回答说。普加乔夫接过纸，带着很深沉的神气看了老半天。"你怎么写得这样费解？"终于他说，"我们这些明亮的眼睛一点也看不明白。我的书记长在哪儿？"

一个穿军曹制服的年轻小伙子很麻利地跑到普加乔夫面前。"你念一念吧，"普加乔夫说着，把那张纸递给他。我非常想知道我的老家人给普加乔夫写了些什么。书记长一个字一个字地大声念起来："两件长袍，一件细面的，一件条纹绸子的，合六卢布。"

"这是什么意思？"普加乔夫皱着眉头说。

"请让他念下去。"萨维里奇泰然自若地回答说。

书记长又念下去："细呢绿军装一件，值七卢布。

"白色呢裤一条，值五卢布。

"带套袖的荷兰布衬衫十二件，合十卢布。

"带茶具的食品盒一个，值两个半卢布……"

"胡说什么呀？"普加乔夫打断他，"什么食品盒、带套袖裤子，这干我什么事？"

萨维里奇干咳了一声，就解释起来：

"老爷子，这是请你看看我家少爷的失物清单，被歹徒抢去的……"

"什么歹徒？"普加乔夫厉声问道。

"对不起，我说走嘴了，"萨维里奇回答说，"不管是不是歹徒，反正你的弟兄们就这么偷偷摸摸拿走了。你不要生气：马有四条腿，还跌跤呢。你叫他念完吧。"

"念下去，"普加乔夫说。书记长就又念下去："印花布被单、塔夫绸被单各一条，合四卢布。

"红色拉锦卷毛绒皮袄一件，值四十卢布。

"还有兔皮袄一件，就是在客店里施舍给你的，值十五卢布。"

"这又是什么鬼玩意儿！"普加乔夫大喝一声，眼睛里有火光闪了一下。

说实话，我真吓坏了，担心我那可怜的老家人会遭殃。他本来还想加以解释，可是普加乔夫把他打断了："你怎么敢拿这种小事来跟我捣蛋？"他叫起来，便从书记长手里抓过那张纸，摔到萨维里奇的脸上。"你这老混蛋！把东西全拿走，又有什么大不了的？老东西，你应该天天为我和我的弟兄们祷告上帝，因为没有把你和你家少爷跟那些违抗圣命的家伙一起绞死……兔皮袄呢！我会给你兔皮袄的！你明白吗，我要叫人活剥你的皮来做皮袄！"

"要剥就剥好啦，"萨维里奇回答说，"我是一个伺候人的人，应该管好主人的东西。"

普加乔夫显然动了慈悲之心。他转过身，就骑着马走了，再没有说一句话。什瓦布林和众头目也跟着他走了。全部人马很有秩序地出了要塞。老百姓都去送普加乔夫了。广场上只剩了我和萨维里奇。我的老家人手里还拿着那张清单，而且带着十分惋惜的神气看着。

他看到普加乔夫对我很和善，就想利用一下；他的如意算盘却落了空。我本想骂他几句，说他这种忠心是不恰当的，却忍不住笑了起来。"你笑吧，少爷，"萨维里奇回答说，"笑吧。等到咱们重新安定下来过日子的时候，就知道这是不是可笑了。"

我急忙到神父家去看玛莎小姐。神父娘子一看见我，就报告了令人难过的事。夜里玛莎小姐发起高烧。她昏昏沉沉躺在床上，而且还说胡话。神父娘子把我领进她的房里。我轻轻地走到她床前。她的脸变了模样，我一见大吃一惊。她竟认不出我来了。我在她床前站了很久，也没有去听盖拉辛神父和好心的神父娘子说的话，他们好像是在安慰我。我愁肠百结，心烦意乱。我觉得最可怕的是，这个可怜的、举目无亲的孤女落入凶恶的暴徒当中，而我又无力相救。尤其使我提心吊胆的是什瓦布林，什瓦布林在这里。他受自封皇帝之命占据这个要塞，可怜的姑娘留在这里，姑娘又是他所仇恨的无辜的对象，他就可以为所欲为了。我该怎么办呢？怎样帮助她呢？怎样才能把她从这个恶棍手里解救出来？只有一个办法：我决意立刻到奥伦堡去，催促早日收复白山要塞，并且尽可能予以协助。我辞别神父和神父娘子，并且很动情地把我已经认作妻子的姑娘交托给她。我抓住姑娘的手，噙着泪水吻了吻。"再见吧，"神父娘子在送我的时候，对我说，"彼得·安得列伊奇，再见吧。也许咱们还能在太平的时候见面的。不要把我们忘了，常给我们来信。除了您，可怜的玛莎小姐再也找不到什么安慰，再也没有人可以依靠了。"

我来到广场上，站了一会儿，看了看绞架，朝绞架鞠了一躬，便出了要塞，走上大路，在寸步不离的萨维里奇陪伴下，朝奥伦堡走去。

我走着，想着心事，忽然听到背后有马蹄声。我回头一看，看到一个哥萨克骑着马从要塞里跑来，并且牵着一匹马，老远就向我招手。我站了下来，很快就认出这是我们那个军士。他来到跟前，下了马，把另一匹马的缰绳递给我，说："先生！我们的爷赏给您一匹马，把他身上的皮袄也赏给您（马鞍上扎着一件羊皮袄）。还有……"这个军士结结巴巴地说起来，"他赏给您……半个卢布……可是我在路上掉了；请多多原谅。"萨维里奇斜着眼睛看了看他，说："在路上掉了！那你怀里哗啦哗啦响的是什么？不要脸的东西！""我怀里哗啦哗啦响的是什么吗？"那军士一点也不难为情，而是反驳说，"你得了吧，老头子！这是马笼头在响，不是钱。""好啦，"我打断他们的争吵，说，"你替我谢谢派你来的那个人；掉了的那半个卢布，你在回去的路上仔细找找，找到了你就买酒喝吧。""多谢了，先生，"他说着，转过马头，"我要天天为您祷告上帝。"他说这句话的时候，已经骑着马往回跑了，同时用一只手紧紧把怀里的钱按住。一会儿，他就跑得不见影子了。

我穿起皮袄，上了马，让萨维里奇骑在我背后。"少爷，你看，"老人家说，"我向那流氓告状没有白费劲儿。这贼东西也觉得不好意思了。虽然这匹又高又瘦的巴什基尔驽马和一件羊皮袄还不抵他们这伙强盗抢你的和你施舍给他的东西的一半，可总还是有点儿用处的；而且，能从恶狗身上拔下一撮毛，也是好的。"

第十章　围城

> 占领了草地和高山，
>
> 他就对城市虎视眈眈。
>
> 下令在营地后面筑起炮垒，
>
> 炮手就位，准备攻城夜战。
>
> ——赫拉斯科夫

我们来到奥伦堡城外，看到一群剃光了头、脸上带烙印的囚徒。他们在驻军的残废士兵监督下，在工事旁边干活儿。有的用小车往外运送壕沟里的脏东西；有的用锹掘土；泥水匠在搬砖，修补城墙。在城门口哨兵把我们拦住，要看我们的证件。一名军士听说我是从白山要塞来的，就径直把我带到将军家里。

我在花园里见到将军。他正在察看被秋风吹秃了的一株株苹果树，并且在一名老园丁的帮助下，小心翼翼地用干草包扎以防冻。他的脸流露着安详、健康、和善和神气。他一看见我，非常高兴，就详细询问起我所见到的种种可怕的事。我一五一十地对他说了说。老将军很认真地听我说，一面剪着枯枝。"米罗诺夫真不幸呀！"等我说完了这些悲惨的事，他说道，"可惜呀，他是一个很好的军官。米罗诺夫夫人也是一位很好的夫人，而且她腌蘑菇做得多么好呀！哦，玛莎，上尉的女儿，怎么样了？"我回答说，她还留在要塞里，在神父娘子家里。"哎呀，哎呀，哎呀！"将军说，"那就糟了，太糟了！不能指望强盗有什么纪律。可怜的姑娘怎么办呀？"我回答说，这里离白山要塞不远，将军大人想必很快会派兵去解救白山要塞的居民。将军带着疑虑的神气摇了摇头。"咱们再看吧，再看吧，"他说，"这事咱们还有时间再商量。请你来我家喝杯茶吧：今天我要开一个军事会议。你可以给我们报告一下有关那个无赖普加乔夫和他的军队的真实情况。现在你暂且去休息一会儿吧。"

我来到分拨给我的住处，萨维里奇已经在这里忙活着了。我焦急地等待起开会时间。读者不难想象，我是不会错过这个会议的，因为这个会议对我的命运会有重大影响。到了预定时间，我已经在将军家里了。

我在将军家里见到一位本城的官员，记得好像是关税局长，是一个穿缎子长袍的红脸膛胖老头子。他向我详细问起伊凡·库兹米奇的遭遇，并且称伊凡·库兹米奇为教亲。他常常打断我，提一些问题，发表一些道义方面的见解，表明他这人即使不精通军事，至少也是精明灵活，天生聪慧。这时应邀参加会议的人也陆续来到。除了将军本人，他们没有一个是军人。等大家都就座，给每人送上一杯茶之后，将军便极其清楚、极其详尽地说明是怎么一回事儿。"现在，诸位先生，"他继续说，"就是要决定，对暴徒应该采取何种行动：攻还是守？这两种办法各有利弊。进攻可望迅速击溃敌人，防守则稳妥可靠……那么，咱们就按应有的顺序征求意见，也就是自下而上征求意见。准尉先生！"他转身对我说，"请您发表意见吧。"

我站起来，首先简要地说了说普加乔夫及一伙儿的情况，然后就斩钉截铁地说，自封皇帝无法抵挡正规军的进攻。

这些官员显然不赏识我的意见。他们认为这是年轻人的轻率和冒失。他们很不满意地小声议论起来，我只是听清了一个人小声说的一句："太幼稚！"将军转过身来，笑着对我说："准尉先生！在军事会议上，开头的发言一般都是主张进攻的，这也是应有的规律。现在咱们继续征求意见。六级文官先生！请说说您的意见！"穿缎子长袍的老头儿匆匆喝下第三杯掺了不少罗姆酒的茶，回答将军说："将军大人，愚意以为，既不宜攻，也不宜守。"

"那怎么办呀，六级文官先生？"将军惊讶不已地问道，"战术上可没有别的办法：不是攻就是守……"

"大人，最好是用收买的办法。"

"哎呀呀！您的主意太高明了！收买的办法在战术上是允许的，我们就采用您的主意。可以悬赏收买那个无赖的头……出七十卢布，甚至一百卢布……就从秘密经费中支出……"

"要是这样的话，"关税局长不等对方说完，就接话说，"那些强盗要是不把他们的首领五花大绑送到我们这儿来，我就不是六级文官，算是一头吉尔吉斯绵羊。"

"这事儿咱们还可以再考虑，再商量，"将军回答说，"可是不管怎样，还是要采取一些军事措施。诸位，还是按照应有的程序发表你们的意见吧。"

结果所有的意见都和我的意见相反。所有的官员都说军队靠不住，取胜没有把握，还是小心谨慎为妙，等等。大家都认为，最妥善的办法是以大炮为掩护，在石头城里坚守，而不是到战场上去碰运气。最后，将军听完大家的意见，磕了磕烟灰，说了如下一番话："诸位先生！我应该说明，就我来说，我是完全赞同准尉先生的意见的，因为他的意见是符合战术常规的，在战术上，进攻几乎总是比防守为好。"

说到这里，他停下来，装起烟斗。我自以为高明，洋洋得意起来。我骄傲地看了看众官员，他们在小声议论着，流露着不满和不安的神情。

"不过，诸位先生，"他深深地叹了一口气，随着叹气吐出一股浓烟，然后继续说下去，"这事关系到我们仁慈的女皇交托给我的几个省的安全，我不敢担当这样重大的责任。所以，我赞同大多数人的意见，也就是多数人认定的最明智、最安全的办法：在城里坚守，如果敌人进攻，就用大炮抵挡，如果可能的话，也可以伺机出击。"

官员们这时也带着讥笑的神气看了看我。会议散了。这位可敬的老将如此软弱，竟违反自己的信念，接受这些外行和没有经验的人意见，我不能不感到遗憾。

这次重要的会议之后，过了几天，我们就获悉，普加乔夫果然说到做到，已经逼近奥伦堡了。我在城墙上看到了暴动的军队。我觉得，从我见到的那次进攻以来，他们的人数增加了有十倍。他们也有不少大炮，那是普加乔夫从他已经攻下的一些小要塞里缴获的。我想起军事会议的决定，就预料到我们会长期被围困在奥伦堡城内，懊恼得几乎要哭了。

我不来描写奥伦堡之围，那属于历史范畴，不应纳入家庭纪事。总而言之，这次包围由于地方当局玩忽职守，使居民遭受饥饿和种种灾难，受害极为严重。不难想象，奥伦堡的生活是极其艰难的。所有的人都垂头丧气，为自己的命运提心吊胆；所有的人都唉声叹气，感到物价涨得实在可怕。居民们已经见惯了飞到院子里的炮弹；连普加乔夫的进攻也引不起大家的注意了。我非常苦闷。时间一天天过去。收不到白山要塞的来信。所有的道路都被切断。真忍受不了我同玛莎小姐离别之苦。尤其使我痛苦的是，不知道她遭遇如何。我唯一的消遣是随骑兵出击。多亏普加乔夫，我有了一匹好马，我和它分享少得可怜的食物，每天骑着它出城去和普加乔夫的骑兵交战。在多次交战中，那些吃得饱、喝得足又有好马的暴徒总是占上风。城里的瘦弱不堪的骑兵无法战胜他们。我们的饥饿的步兵有时也出击，但积雪太深，他们对付不了分散活动的骑兵。大炮在城墙上轰击无济于事，拉到田野上，由于马匹瘦弱不堪，拉也拉不动。我们的军事行动就是这个样子！这就是奥伦堡的官员们所说的谨慎和明智！

有一次，我们难得地打散和赶跑一大群敌人，我追上一个掉了队的哥萨克，正要举起我的土耳其马刀朝他砍去，他突然摘下帽子，大声叫起来："您好，彼得·安得列伊奇！一切都如意吗？"

我一看，认出是我们那个军士。我看到他真是说不出有多么高兴。

"你好，马克西梅奇，"我对他说，"你从白山要塞出来很久了吗？"

"不久，彼得·安得列伊奇；昨天才回来。我给您带了一封信。""信在哪儿？"我叫起来，激动得一张脸都红了。

"在我身上，"他说着，就把手伸进怀里，"我答应巴拉莎，一定把信带给您。"于是他把一封折好的信交给我，转身就跑掉了。

我把信展开，浑身颤抖着看起来：

　　大祸临头，使我突然失去父母。在世界上我没有一个亲人，没有人可以依靠了。我现在求助于您，因为我知道，您一直希望我好，您对任何人都愿意帮助。我祷告上帝，希望这封信无论如何送到您的手里！马克西梅奇答应把这封信送给您。巴拉莎还听到马克西梅奇说，他常常在你们出击的时候老远看到您，说您一点不顾惜自己，也没有想到那些含泪为您祷告上帝的人。我病了很久；等我身体好了，取代先父掌管要塞的什瓦布林逼着盖拉辛神父把我交给他，不然就要向普加乔夫告发。我现在住在自己家里，受到监视。什瓦布林逼着我嫁给他。他说他救过我的命，因为神父娘子说我是她的侄女时，他帮助隐瞒了真相。与其嫁给什瓦布林这样的人，还不如死掉。他对待我很厉害，并且威胁说，要是不回心转意，不肯嫁给他，他就要把我送到军营里去交给那个强盗，我的下场就会像丽莎维妲·哈尔洛娃那样。我要求什瓦布林让我再想一想。

他答应再等三天。我要是过三天不嫁给他，那就毫不留情了。彼得·安得列伊奇少爷呀！我只有您可以依靠了；你就救救我这个苦命人吧。您恳求将军和各位军官赶快派援军到我们这里来，如果您能来，您也亲自来吧。

> 永远听从您的、不幸的孤女
>
> 玛丽娅·米罗诺夫

我看过这封信，几乎要发疯了。我无情地催赶着我那匹可怜的马，跑回城里。一路上我寻思着怎样设法解救可怜的姑娘，可是什么办法也想不出来。一回到城里，我就直接去见将军，急匆匆闯进他家里。

将军正在房里前前后后踱着，吸着他那海泡石烟斗。他一看见我，就站住了。想必是我的样子使他吃了一惊；他很关心地问起我匆匆赶来的原因。

"大人，"我对他说，"我是来求您，把您当作亲爹；您行行好，不要拒绝我的请求吧：这事关系到我一生的幸福。"

"哎呀，什么事呀？"老将军惊讶地问，"我能为你做点儿什么呀？你说吧。"

"大人，请您下令让我带一连士兵和五十名哥萨克去扫平白山要塞。"

将军凝神看着我，想必以为我是发了疯（这一点他几乎没有猜错）。

"扫平白山要塞？那怎么行？"他终于说。

"我向您保证，一定会成功，"我慷慨激昂地回答说，"只要您让我去。"

"不行呀，年轻人，"他摇着头说，"这么远的距离，敌人很容易切断你们和主要战略据点的联系，把你们打垮。切断联系……"

我看出他一心想在军事方面进行论断，怕不会有什么好结果，连忙把他的话打断。

"米罗诺夫上尉的女儿给我写了一封信，"我对他说，"她向我求救；什瓦布林强迫她嫁给他。"

"真的吗？哦，这个什瓦布林真是坏透了，要是落到我手里，我一定下令严厉审判他，就把他送到要塞护墙上枪毙！不过暂时还应该忍耐……"

"忍耐！"我失声叫起来，"可是他就要娶玛莎小姐了呀！……"

"噢！"将军不以为意地说，"这倒也没有什么大不了的：她最好还是暂时做什瓦布林的妻子，这样他就可以保护她。等我们把他枪毙了，到那时候，上帝保佑，她会再找到丈夫的。标致的小寡妇是不会长期守寡的。我的意思是说，小寡妇找丈夫，比大姑娘更容易。"

"我宁愿去死，"我发狂似的说，"也不能把她让给什瓦布林！"

"哎呀呀呀！"老头子说，"现在我明白了：你想必是爱上玛莎小姐了。噢，那就是另一回事儿了！不幸的小伙子呀！不过，我还是不能给你一连士兵和五十名哥萨克。这种出击太轻率了，我负不了这个责任。"

我垂下头，感到绝望。突然我脑子里闪过一个主意：至于什么样的主意，如古代小说家说的，诸位明公且待下一章分解。

第十一章　动乱的小镇

这时狮子已经吃饱，

虽然它生性残暴。

"为何光临我的洞穴？"

它亲切地问道。

————苏马罗科夫 [1]

我辞别将军，匆匆赶回自己住处。萨维里奇迎住我，仍然像往常那样规劝我："少爷，你就喜欢跟那些强盗酒鬼较量！这哪儿是贵人干的事儿？万一有个闪失，那才不值得呢。要是去打土耳其人或者瑞典人，倒也罢了，可是你现在

---

① 据考证：这段题词实际上是普希金自己撰写的。

打的是什么人呀，连说说都是罪过。"

我打断他的话，问他现在总共还有多少钱。"够你用的，"他带着得意的神气回答说，"不管那些坏蛋怎样翻箱倒柜，我还是藏起来了。"他说着，从口袋里掏出一个针织的长袋子，里面装满了银币。"好吧，萨维里奇，"我对他说，"现在你给我一半，剩下的你拿着。我要到白山要塞去。"

"彼得·安得列伊奇少爷呀！"善良的老家人用打哆嗦的声音说，"安分点儿吧；眼下所有的道路都被强盗切断了，你怎么能出去呀！你就是不顾惜自己，至少也要可怜可怜你的父母呀。你能上哪儿去？去干什么？还是多少等一等，等大军来了，把坏蛋们都抓起来，那时候你想上哪儿去就上哪儿去好啦。"

但是我的决心已经下定了。

"没时间商量了，"我回答老头子说，"我必须去，我不能不去。不要难过，萨维里奇：上帝是仁慈的，也许咱们还能见面！你自己也当心些，不必于心不安，不要舍不得花钱。你需要什么就买什么，价钱再贵也要买。这些钱我都送给你了，要是过三天我还没有回来……"

"你这是说什么呀，少爷？"萨维里奇打断我的话，"叫我放你一个人走！这事你做梦也别想。你要是打定了主意，你骑马走，那我步行也要跟着你，决不离开你。你要我离开你，一个人躲在石头城里吗？难道我疯了？你想怎样就怎样好啦，少爷，我可是不能离开你。"

我知道，跟萨维里奇没有什么好争论的，便叫他准备动身。半个钟头之后，我就骑上我的那匹好马，萨维里奇也骑上一匹又瘦又瘸的老马，那是城里一户居民没有草料喂马，白送给他的。我们来到城门口，哨兵放行，我们便出了奥伦堡城。

暮色渐浓。我走的这条路要从别尔达镇旁边经过，那是普加乔夫的驻地。有一条直路被雪埋住了；可是整个草原上到处是马蹄印子，可见天天都有马经过。我放马大步奔跑。萨维里奇很勉强地远远跟着我，不时地大声朝我叫喊："慢点儿，少爷，行行好，慢点儿吧。我这匹该死的老马跟不上你那匹长腿魔鬼。你急着上哪儿去呀？这又不是去吃喜酒，是去闯刀山，弄不好就……彼得·安得列伊奇……彼得·安得列伊奇少爷呀！……行行好吧！……主啊，救救少东家吧！"

不一会儿，就看见别尔达镇的灯火。我们来到冲沟边，这是这个镇的天然堑壕。萨维里奇依然跟在我后面，没有中断他那诉苦性质的祷告。我指望能平平安安绕过这个镇，却突然在暮色中看见前面有五六个手持棍棒的大汉：这是普加乔夫驻地的前哨。他们吆喝我们站住。我不知道他们的口令，就想一声不响地从他们旁边跑过去；可是他们立刻把我包围起来，其中一个抓住缰绳把我的马勒住。我抽出马刀，朝这个汉子头上劈去；皮帽救了他的命，然而他还是跟跄了两下，把手里的缰绳松掉了。其他几个也慌了，跑开了。我趁这机会，把马一踢，就跑起来。

夜幕已渐渐降下，我本来可以脱离一切危险的，可是我突然回头一看，发现萨维里奇不见了。可怜的老头子骑着瘸马，没有逃出强盗的手掌。怎么办呀？我等了他几分钟，料定他是被截住了，便拨转马头去救他。

我朝冲沟跑去，老远就听见闹声、叫声和萨维里奇的说话声。我催马加鞭跑去，一会儿就来到刚才拦截我的那几个大汉中间。萨维里奇也在这里。他们把老头子从马上拖下来，正要把他捆起来。他们看到我来了，非常高兴。他们叫嚷着向我扑过来，转眼工夫就把我拖下马来。其中的一个，看样子是个小头目，向我们宣布，马上要带我们去见皇帝。

他又说要听皇上的旨意：是马上把我们绞死，还是等到天亮。我没有反抗；萨维里奇也学我的样。这几个哨兵便神气活现地押着我们走去。

我们跨过冲沟，进了镇。一座座房子里都点起灯火。到处都有叫声和闹声。在街上我遇到很多人；但在黑暗中谁也没有注意我们，没有认出我是奥伦堡的军官。他们直接把我们带到十字路口的一座小屋门前。门口放着好几个酒桶和两尊大炮。"这就是皇宫，"一个汉子说，"我们就去通报。"他走进小屋。我看了看萨维里奇；老头子画了个十字，默默地在祈祷。我等了老半天，那汉子终于走出来，对我说："走吧！皇上传旨叫军官进去。"

我走进小屋，或者如那汉子说的，走进皇宫。小屋里点着两支脂油蜡烛，墙上裱了金纸；不过，那板凳、桌子、吊在绳子上的洗脸盆、挂在钉子上的手巾、角落里的炉叉和放满瓶瓶罐罐的宽阔的炉台——一切都跟普通农舍里一样。普加乔夫坐在圣像下面，身穿大红袍，头戴高高的皮帽，威风凛凛地叉着腰。他身旁站着几个主要的头目，都装出毕恭毕敬的样子。显然，这些暴徒听说从奥伦堡来了一名军官，产生了强烈的好奇心，并且摆出胜利的姿态迎接我的。普加乔夫一眼就认出了我。他摆出来的那种威严神气一下子就不见了。"啊，是您呀，先生！"他很快活地对我说，"近来还好吗！到这儿来有什么事呀？"我回答说，我有事从这儿经过，他手下的人把我截住了。"有什么事呀？"他问我。我不知道怎样回答才好。普加乔夫以为我当着这么多人的面有话不便说出口，就对众头目说，请他们出去。大家都听从了，只有两个人站着没有动。"你就当着他们的面大胆地说吧，"普加乔夫对我说，"我是什么事都不瞒着他们的。"我侧眼看了看自封皇帝的两个亲信。其中一个是孱弱而驼背的老头子，灰色大胡子，除了他那灰呢子长袍上斜佩一条浅蓝色绶带以外，他身上再没有什么特别令人注目之处。可是我一辈子也不会忘记他那个伙伴。他身材高大，肩宽背阔，我估计他年纪在四十五岁上下。那浓密的火红色大胡子、炯炯有神的灰眼睛、没有鼻孔的鼻子，额上和腮上的一个个红斑给他那宽阔的麻脸增添了一种无法形容的表情。他穿着红色衬衫、吉尔吉斯长袍和哥萨克灯笼裤。后来我才知道，前一个是从军队里逃出来的军曹别洛鲍罗多夫；后一个是阿法纳西·索科洛夫，绰号"闹板"，是一个流放犯，三次从西伯利亚矿坑里逃出来。尽管我的心情特别激动，我无意中遇到的这伙人还是使我分散了思绪。可是普加乔夫又问我话了，这才使我回过神来。

"你说说吧！你从奥伦堡出来，有什么事？"

我头脑里出现了一个奇怪的念头：我觉得，上天既然特意让我又一次见到普加乔夫，那就是给我机会实现我的打算。我决定利用这个机会，而且不等考虑好怎样来利用，就回答普加乔夫的问话说："我要到白山要塞去拯救一个孤女，那里有人欺侮她。"

普加乔夫的眼睛里闪起火光。"我手下的人哪一个敢欺侮孤女？"他叫起来，"不管他有几个脑袋，休想逃脱我的惩罚。告诉我：那坏家伙是谁？"

"是什瓦布林，"我回答说，"他扣押着那个姑娘，那姑娘你见过的，就是在神父娘子家里养病的那一个，他要强迫她嫁给他。"

"我要好好教训教训什瓦布林，"普加乔夫威风凛凛地说，"叫他知道，胡作非为、欺压老百姓会有什么样的下场。我要把他绞死。"

"请允许我说几句，""闹板"用喑哑的嗓子说，"你急急忙忙任命什瓦布林当要塞司令，现在又急急忙忙要把他绞死。你派一个贵族去给哥萨克做长官，已经使哥萨克们感到屈辱；现在一听到谗言又要绞死贵族，可不要把贵族也都吓跑了。"

"用不着可怜贵族，抬举贵族！"佩戴蓝绶带的老头儿说，"绞死什瓦布林没什么了不起的；不妨也好好审问审问这位军官先生：他到这里来干什么？他要是不承认你是皇帝，何必来找你申诉；他要是承认，为什么他至今留在奥伦堡城里，跟你的敌人在一起？是不是把他送到审讯室里，在那里把灯点起来：我猜想，这位先生是奥伦堡的指挥官派到我们这里来的。"

我觉得这个老坏蛋的推断是很有说服力的。我一想到我落到了什么人手里，不由得浑身打了个冷战。普加乔夫注意到我的慌乱。"怎么样，先生？"他对我挤挤眼睛，说，"我的元帅好像说得很有道理呀。你以为如何？"

普加乔夫开玩笑，使我又鼓起勇气。我泰然自若地回答说，我既然落在他手里，他想怎么办就怎么办好啦。

"好吧，"普加乔夫说，"那你说说，你们城里情况怎么样？"

"感谢上帝，"我回答，"平平安安。"

"平平安安？"普加乔夫反问道，"老百姓都快饿死了！"

自封皇帝说的是真情；可是我出于责任感，就一再地说，这都是谣言，奥伦堡不管哪方面都有充足的储备。

"你看，"那个老头子接话说，"他当面欺骗你。所有逃出来的人都异口同声地说，奥伦堡城里正在闹饥荒和瘟疫，那里有许多人在吃死人肉，并且当作荣幸的事；这位先生却非要说什么都很充足。既然你要绞死什瓦布林，那就把这小子吊到同一个绞架上，叫他们谁也不眼红谁。"

普加乔夫听了这个该死的老头子的话，似乎动摇了。幸亏"闹板"开口反驳他了。

"得了吧，纳乌梅奇，"他对老头子说，"你恨不得把所有的人都斩尽杀绝。这算什么英雄好汉？看你那样子，只剩一口气了。自己快入土了，却还要杀人。难道你良心上沾的血还少吗？"

"瞧你多么会迎合讨好？"别洛鲍罗多夫反驳说，"你这好心肠是从哪儿来的？"

"当然，""闹板"回答说，"我也有罪过，这只手（这时他握起他那骨节粗大的拳头，挽起袖子，露出毛茸茸的胳膊），这只手也犯过罪，杀过人。但我杀的是敌人，不是客人；是在大路口，在黑黑的树林里，不是在家里，坐在炉子旁；是用铁锤和斧头，而不是用妇人的毒舌头。"

老头子转过身去，嘟哝说："没鼻子的东西！……"

"你在那儿嘟哝什么，老混蛋？""闹板"叫起来，"我要叫你尝尝没鼻子的厉害；等着瞧吧，你也会有这一天的；上帝会让你闻闻火钳的味道儿……眼下你小心点儿，别让我揪掉你的胡子！"

"两位将军！"普加乔夫威严地说，"你们别吵了。要是所有奥伦堡的狗在一个绞架下踢腿，那倒也不坏，要是我们的人都像狗一样互相咬起来，那就糟了。好啦，你们别吵了。"

"闹板"和别洛鲍罗多夫没有再说话，只是阴沉着脸互相看着。我看出必须改变话题，因为再这样谈下去结果可能对我很不利，于是我转身对普加乔夫，装出一副很快活的神气对他说："哎呀！我差点儿忘记了感谢你，感谢你送给我马和皮袄。要不是你，我恐怕到不了城里，在路上就冻死了。"我这一计果然有用。普加乔夫快活起来。"有恩报恩，有仇报仇嘛，"他又挤眼睛又眯眼睛说，"那你对我说说吧，你怎么那样操心什瓦布林欺侮的那个姑娘？小伙子是不是动了心，恋上了？嗯？"

"她是我的未婚妻，"我看出气氛发生了良好的变化，觉得无须隐瞒了，就照实回答普加乔夫说。

"是你的未婚妻呀！"普加乔夫叫起来，"你怎么不早说？让我们来给你成亲，还要吃吃你的喜酒呢！"然后转身对别洛鲍罗多夫说："元帅，你听我说！我跟这位先生是老朋友了，咱们一块儿吃晚饭吧；没什么好着急的。明天咱们再商量他的事该怎么办。"

我很想谢绝他的盛情，但是毫无办法。两个年轻的哥萨克姑娘，都是房东的女儿，在桌子上铺好雪白的桌布，端来面包、鱼汤、几瓶葡萄酒和啤酒，于是我又一次跟普加乔夫和他那些可怕的同伙一起用餐了。

我参加的这次无拘无束的宴饮，一直继续到深夜。到末了同席的人都有了醉意。普加乔夫坐在自己的位子上打起盹儿；他的伙伴站起来，示意叫我不要打扰他。我跟他们一起走出来。"闹板"吩咐了一声，一名哨兵便把我带到一间密室里，我看到萨维里奇也在这里，哨兵就把我们关在里面。我的老家人看到这一切种种，惊讶得不得了，甚至什么话也没有问我。他在黑暗中躺下来，老半天都在唉声叹气；终于他打起呼噜，我却想起心事，左思右想，一夜没有睡着。

第二天早晨，普加乔夫派人来叫我。我便去见他。他的门口停着一辆带篷马车，套了三匹鞑靼马。街上已经有不少人了。我在过道里遇见普加乔夫：他身穿皮大衣，头戴吉尔吉斯皮帽，一副出门的打扮。昨天在一起谈话的两个人站在他旁边，装出一副毕恭毕敬的样子，跟我昨天晚上见到的情形截然不同。普加乔夫高高兴兴地和我打过招呼，就叫我和他一起坐到马车上去。

我们上了马车。"上白山要塞！"普加乔夫对那个站着赶车的宽肩膀鞑靼人说。我的心怦怦跳了。三匹马走动了，铃铛响了，马车上路了……

"停一下！停一下！"忽然响起我太熟悉的声音，于是我看到迎面跑来的萨维里奇。普加乔夫吩咐停车。"彼得·安得列伊奇少爷！"我的老家人喊道，"我这么大年纪了，别把我丢在这些强……""哦，你这老东西！"普加乔夫对他说，"上帝又叫咱们见面了！好吧，你坐到驭座上。"

"谢谢，多谢皇上，我的亲爹！"萨维里奇一面说，一面坐上车，"你这样照顾和关心我这老头子，愿上帝让你活到一百岁。我要天天为你祷告上帝，那件兔皮袄的事我再也不提了。"

提及兔皮袄的事，有可能使普加乔夫大发雷霆。幸亏这个自封的皇帝不知是没有听见，还是不屑理睬这种不合时宜的提示。三匹马大步跑起来；街上的人站下来，深深地鞠躬。普加乔夫不住地朝两边点着头。一会儿我们就出了小镇，马车在平坦的大道上飞驰起来。

不难想象，此时此刻我的心情怎样。再过几个小时我就可以和我原以为失去了的姑娘见面了。我想象着我们见面的那一刻……我也在想着这个掌握着我的命运和由于奇怪的巧合跟我建立了秘密关系的人。我想到这个热心去拯救我心上人的人是残酷成性、杀人如麻的！普加乔夫还不知道她是米罗诺夫上尉的女儿；什瓦布林要是发起狠来，会把什么都揭发出来的；普加乔夫也可能从别的方面了解到真相……那时候玛莎小姐又会怎样呀？我浑身打起冷战，毛发也竖了起来……

突然，普加乔夫打断我的沉思，问我说："先生，你在想什么？"

"怎么能不想呢？"我回答他说，"我是个军官和贵族；昨天还和你交战，今天却和你同坐在一辆马车里，而且我一生的幸福全靠你了。"

"怎么样？"普加乔夫问，"你害怕吗？"

我回答说，我已经蒙他赦免过一次，就有希望不仅能得到他的饶恕，而且能得到他的帮助。

"你说得对，一点不错！"普加乔夫说，"你也看到，我手下弟兄们都斜眼看着你；那个老头子今天还一再说，你是奸细，要拷问你，把你绞死；可是我没有同意，"他又压低嗓门儿，不让萨维里奇听见，补充说，"因为我没有忘记你那一杯酒和那件兔皮袄。你看，我并不是你们那帮人说的那样的杀人魔王。"

我想起白山要塞陷落时的情景；但我觉得不必和他争论，就没有说话。

"奥伦堡城里的人是怎样议论我的？"普加乔夫沉默了一会儿之后，问道。

"哦，都说，你很难对付；没说的，你已经叫人知道厉害了。"

自封皇帝的脸上流露出洋洋得意的神气。

"是啊！"他很快活地说，"我不管打到哪儿都行。你们奥伦堡的人知道尤泽耶瓦那一仗吗？杀了四十个将军，俘虏

131

了四个军。你以为怎样：普鲁士国王能和我较量吗？"

这个强盗大夸海口，我觉得非常好笑。

"你自己以为怎样？"我对他说，"你能打败普鲁士国王吗？""打败弗里德里希二世吗？怎么不能？我能打败你们的将军嘛。你们的将军不是打败过他吗？至今我的军队还没有打过败仗呢。等着瞧吧，不用多久，我要去打莫斯科的。"

"你想去打莫斯科吗？"

自封的皇帝沉思了一下，就小声说："天知道。我能走的路很窄；有些事我未必能做主。我的弟兄们都自作聪明。他们都是强盗。我得时刻小心；一打败仗，他们就会拿我的头去换他们的脖子。"

"这话就对了！"我对普加乔夫说，"你最好是不是趁早丢下他们，跑去向女皇请罪？"

普加乔夫苦笑了一下。

"不行呀，"他回答说，"我悔过已经迟了。不会赦免我的。我是一不做，二不休。谁知怎样呢？也许能成大事！格里什卡·奥特列皮约夫不是占领过莫斯科吗？"

"你知道他的结局吗？把他从窗户里摔出去，砍了头，烧成灰，连骨灰都被装进大炮里轰出去了！"

"你听我说，"普加乔夫带着一种强烈的兴奋劲儿说，"我给你讲一个故事，这是我小时候一个卡尔梅克老婆子讲给我听的。有一天，老鹰问乌鸦：乌鸦，你告诉我，为什么你能活三百年，而我总共只能活三十三年？乌鸦回答说：老兄，因为你是喝鲜血，我是吃死尸。老鹰想：那就试试看，咱们一块儿去吃吃死尸吧。好的。老鹰就跟乌鸦一起飞去。他们看见一匹死马，便落下来，停住。乌鸦就吃起来，并且说怎样怎样好吃。老鹰啄了一口，又啄一口，就摇了摇翅膀，对乌鸦说：我不吃了，乌鸦兄弟；与其吃死尸活三百年，还不如痛痛快快喝一回鲜血，以后的事就随它怎样吧！……这个卡尔梅克老婆子讲的故事怎么样？"

"很有意思，"我回答说，"不过，依我看，靠杀人抢劫过日子，就等于吃死尸。"

普加乔夫带着惊讶的神气看了看我，什么话也没有说。我们都不说话了，各人想着各人的心事。鞑靼人唱起一支悲怆的歌儿；萨维里奇打起瞌睡，在驭座上摇晃着。马车在平坦的冬季道路上飞驰着……突然，我看见雅伊克河陡峭的岸边那个小村子，有栅栏，还有钟楼——过了一刻钟，我们的马车就进了白山要塞。

第十二章 孤女

好像我们的小苹果树，

没有树梢，没有枝芽；

好像我们的公爵小姐，

没有爸爸，没有妈妈。

没有人给她梳妆打扮，

没有人为她祝福、送嫁。

——结婚歌

马车来到司令家台阶前。老百姓听出普加乔夫的马车铃声，都拥过来跟在我们后面跑着。什瓦布林在台阶上迎接自封的皇帝。他穿着哥萨克服装，留起大胡子。这个叛贼扶着普加乔夫下了马车，说了一些卑贱的恭维话，表示欢迎和效忠。他一看见我，就慌张起来，但很快就镇定下来，向我伸过一只手，说："你也是我们的人了吗？早就该这样了！"我转过脸去，什么也没有回答他。

我们一走进那早已熟悉的房间，我的心就痛楚起来。墙上还挂着已故司令的委任状，如今已成为往昔岁月的伤心的追悼文。普加乔夫坐到沙发上，以前司令常常坐在这里打盹，听着老伴唠叨昏昏入睡的。什瓦布林亲自给他送来伏特加。普加乔夫喝下一杯，便指了指我，对他说："你也款待款待这位先生。"什瓦布林端着盘子走到我跟前；但是我又一次转过脸去。他似乎乱了方寸。他本来就机灵，这时自然猜测到普加乔夫对他不满意。他害怕普加乔夫，不时地用怀疑的目光看我。普加乔夫问过要塞里的情形，问过敌军消息和其他一些事，便出其不意地突然问道："告诉我，老弟，你这儿关着一个什么样的姑娘？让我看看。"

什瓦布林的脸顿时白得像死人一样。

"皇上，"他用打哆嗦的声音说，"皇上，她不是关着……她是生病……她在上房里躺着。"

"那你带我去看看她，"自封皇帝说着，站起身来。推托是不行的。什瓦布林领着普加乔夫朝玛莎小姐房里走去。我也跟在他们后面。

什瓦布林在楼梯上站住了。

"皇上！"他说，"您随便要我怎样，都是应该的；不过请您不要让旁人进入我妻子的卧室。"

我浑身打起哆嗦。

"你真的结婚了！"我对什瓦布林说，就想把他撕碎。

"安静点儿！"普加乔夫打断我的话说，"这事儿由我做主。"他又转身对什瓦布林说："你不要自作聪明，不要装模作样：不管她是不是你的妻子，我想带谁到她那里去就带谁去。先生，跟我来。"

到了房门口，什瓦布林又站了下来，结结巴巴地说："皇上，我得禀告您，她发高烧，不停地说胡话，已经有两天多了。"

"开门！"普加乔夫说。

什瓦布林在口袋里摸索了一会儿，就说没有带钥匙。普加乔夫朝门上踢了一脚，锁脱落了；门开了，我们便走了进去。

我一看就呆住了。玛莎小姐坐在地板上，穿着乡下女人的破烂衣衫，脸色苍白，形容枯瘦，披散着头发。她面前放着一瓦罐水，瓦罐上放一块面包。她一看见我，浑身哆嗦了一下，叫了起来。当时我是什么样子，现在不记得了。

普加乔夫看了看什瓦布林，就苦笑着说："你的病房真不错！"然后，他走到玛莎小姐面前，对她说："你对我说说，好姑娘，你的丈夫为什么这样处罚你？你做了什么对不起他的事？"

"我的丈夫！"她重复说，"他不是我的丈夫。我永远也不会做他的妻子！我宁死也不肯，要是不放我，我就死。"

普加乔夫威严地看了什瓦布林一眼。

"你竟敢欺骗我！"他对他说，"你这个流氓，你可知道，应该受什么样的惩罚？"

什瓦布林跪了下来　此时此刻，一种鄙视感压倒了我的仇恨和愤怒心情。我极其厌恶地看着这个跪倒在一个逃亡的哥萨克脚下的贵族。普加乔夫火气消了一些。

"我饶你这一次，"他对什瓦布林说，"可是你要记住，今后再做坏事，就连这一次的账一起算。"

然后他转身对着玛莎小姐，亲切地对她说："你出去吧，好姑娘，我让你自由了。我是皇帝。"

玛莎小姐很快地看了他一眼，猜到站在她面前的就是杀害她父母的凶手。她用双手捂住脸，昏倒在地上。我连忙跑过去；但就在这时候，我早就熟悉的巴拉莎冲进房里来，照料起她的小姐。

普加乔夫走出房间，我们三个人便朝客厅走去。

"怎么样，先生？"普加乔夫笑着说，"咱们救了一个很漂亮的姑娘！你以为怎样，要不要去把神父找来，让他为他的侄女举行婚礼？好吧，我就做主婚人，什瓦布林就做傧相；咱们把大门关上，痛痛快快喝一顿！"

我所担心的事，终于发生了。什瓦布林听到普加乔夫这样一说，按捺不住了。

"皇上！"他疯狂地叫起来，"我有罪，没有对您说实话；但是格里尼约夫也在欺骗您。这个姑娘不是本地神父的侄女，她是伊凡·米罗诺夫的女儿，就是打下这个要塞时绞死的那个米罗诺夫。"

普加乔夫用火一般的眼睛看了我一眼。

"这又是怎么一回事儿？"他大惑不解地问我。

"什瓦布林对你说的是实话。"我毅然回答说。

"你没有对我说过这一点。"普加乔夫说着，脸色阴沉

138

下来。

"你自己想想吧，"我对他说，"能不能当着你手下人的面说，米罗诺夫的女儿还活着。他们知道了，会把她活活折腾死，没办法可以救她！"

"倒也是的，"普加乔夫笑着说，"我手下那些酒鬼是不会饶过这可怜的姑娘的。多亏神父娘子，把他们瞒过了。"

"你听我说，"我看到他情绪很好，就又说下去，"我不知道怎样称呼你，而且也不想知道……不过上帝可以看见，你为我做了好事，我愿意用生命报答你。只是你不能要我做有损人格和违背良心的事。你是我的恩人。事情已经做了，你就做到底吧：就让我把可怜的姑娘带走吧，哪儿能去就往哪儿去。以后不论你在哪儿，不论你今后怎样，我们天天都要为你祷告，祈求上帝拯救你的有罪的灵魂……"

普如乔夫的铁石心肠似乎被感动了。"那就照你说的办吧！"他说，"该杀就杀，该宽容就宽容，我一向就是这样。你就带着你的美人儿走吧，想上哪儿去就上哪儿去，愿上帝保佑你们恩爱和睦！"

于是他转身对什瓦布林，吩咐他发给我通行证，好通过他属下的一些关卡和要塞。什瓦布林灰心丧气，站在那儿像柱子一样。

普加乔夫去巡视要塞了。什瓦布林也陪着他去了。我借口要做出门的准备，留了下来。

我往玛莎小姐房里跑去。门关着。我敲了敲。"谁呀？"巴拉莎问道。我说，是我。门里面便响起玛莎小姐那可爱的声音："等一下，彼得·安得列伊奇。我在换衣服呢。您到神父家里去吧，我一会儿就去。"

我听了她的话，就朝盖拉辛神父家走去。神父和神父娘子跑出来迎接我。原来萨维里奇已经来对他们说了。"您好呀，彼得·安得列伊奇，"神父娘子说，"感谢上帝，咱们又见面了。您身体好吗？我们可是天天都念叨您。您不在这里，玛莎小姐可吃够苦头了，我的好孩子呀！……您倒说说，您是怎样跟普加乔夫和好的？他怎么没有杀您？这倒是要谢谢那强盗呢。""得了，老婆子，"盖拉辛神父打断她的话，"你知道什么事，不要乱说。说多了，没有好处。彼得·安得列伊奇，我的爷呀！快请进来吧。咱们好久好久没见面了。"

神父娘子尽家里所有招待我，同时不住嘴地说着话儿。她对我说了说什瓦布林怎样逼他们把玛莎小姐交给他；说了

140

说玛莎小姐怎样大哭和怎样不肯离开他们；又说玛莎小姐一直跟她有联系，都是通过巴拉莎，巴拉莎这姑娘很机灵，她能使那个军士处处听她指使；又说她怎样出主意叫玛莎小姐给我写信，等等。我也简单地对她说了说我的情形。神父和神父娘子一听说普加乔夫已经知道他们骗了他，连忙画十字。"上帝保佑我们吧！"神父娘子说，"让灾难过去吧。这个什瓦布林呀，没说的，真是一个大坏蛋！"这时候门开了，玛莎小姐走了进来，那苍白的脸上带着微笑。她已经脱去农家服装，穿着像往常一样又朴素又好看。

我握住她的手，很久说不出一句话来。我们两个人都不说话，因为心情太激动了。神父和神父娘子感觉到我们顾不上他们，便走开了。就剩我们两个人了。我们把什么都忘到了九霄云外。我们说起话儿，怎么也说不完。玛莎小姐对我说了说要塞失陷以来她遇到的种种事儿；描述了她的处境的可怕以及卑鄙的什瓦布林使她遭受的种种磨难。我们也回忆起以前幸福的时光……我们都哭了……最后我对她说起我的打算。她是不能留在要塞里的，要塞已归属普加乔夫，而且由什瓦布林掌管着。至于奥伦堡，连想也休想，因为奥伦堡在围困下正遭受着种种灾难。她在世界上又没有一个亲人。

我提出要她去乡下，到我父母那里去。她开头很犹豫：她知道我爹不赞成我们的婚事，所以她害怕。我安慰她，她放下心来。我知道，我爹会收留一个为国捐躯的有功军人的女儿，认为是一种光荣和义不容辞的责任。"我的好玛莎小姐，"最后我对她说，"我要把你看作我的妻子。种种不寻常的境遇使我们牢牢地结合在一起了：世界上什么也不能使我们分离。"玛莎小姐老老实实地听我说这话，既不羞羞答答，也不故作忸怩。她觉得她的命运已经和我联结在一起了。但是她又一次说，只有得到我父母的同意，才能做我的妻子。我也没有表示反对。我们就热烈而动情地吻起来——我们的事就这样定下来了。

过了一个小时，一名军士给我送来通行证，上面有普加乔夫歪歪扭扭的签字，他并且叫我去见他。我见到他，他已经准备上路了。在和这个除我以外都认为是恶魔的强盗的可怕的人分手的时候，真说不出我有什么样的心情。为什么不说实话呢？此时此刻，我对他产生了强烈的同情。我热切地希望把他拯救出来，趁现在还不晚，赶快离开他所率领的那伙暴徒，免得掉脑袋。什瓦布林在这里，我们周围还有很多老百姓，我无法全部说出我心中的许多话。

　　我们友好地分手了。普加乔夫在人群中看见神父娘子，伸出手指头吓唬了她两下，又意味深长地挤了挤眼睛；然后，上了马车，就说到别尔达镇去。等三匹马走动了，他还又一次从马车里探出头来，大声对我说："再见了，先生！也许什么时候咱们还会见面的。"后来我们真的又见面了，可那又是在什么情形下啊！……

　　普加乔夫走了。我对着白茫茫的草原望了很久，他的三驾马车在草原上飞驰着。老百姓走散了。什瓦布林也不见了。我回到神父家里。一切都已打点好，我们可以走了；我也不想再耽搁。我们的东西已经装到司令那辆旧马车上。车夫转眼工夫就把车套好了。玛莎小姐就到教堂后面去和父母的坟墓告别。我本想陪她去，可是她要我让她一个人去。过了几分钟，她才回来，默默无语，满脸都是泪。马车来到门口。神父和神父娘子出来送我们。玛莎小姐、巴拉莎和我三个人上了马车。萨维里奇爬上驭座。"再见吧，玛莎小姐，我的好孩子！再见吧，安得列伊奇，我们的好小伙子！"好心肠的神父娘子说，"一路平安！愿上帝保佑你们俩幸福美满！"我们的马车走动了。我看到什瓦布林站在司令家窗外。他的脸流露着阴沉沉、恶狠狠的神气。我不愿在失败的敌人面前显露得意之情，就把眼睛转向另一边。终于我们出了要塞的寨门，永远离开了白山要塞。

第十三章　被捕

请别见怪，先生：我要尽我的职责，

立即把您送进监狱。

——好吧，去就去；不过我希望，

先把事情说个清楚。

——克尼亚日宁 ①

今天早晨我还忧心忡忡，为亲爱的姑娘担心，现在竟如此出人意料地和她结合了，这连我自己都不敢相信，以为我这只是在做梦。玛莎小姐带着一副若有所思的神气，一会儿看看我，一会儿看看道路，似乎还没有弄清楚是怎么一回事

---

① 这段题词是普希金自己撰写的。

儿，没有回过神来。我们都没有说话。我们的心太疲乏了。不知不觉过了两个小时，我们来到最近的一个要塞，也是普加乔夫管辖下的。我们在这里换了马。我看到套马的那股麻利劲儿，看到普加乔夫委任为司令的那个大胡子哥萨克忙不迭地献殷勤，就看出来，由于为我们赶车的车夫多嘴多舌，他们把我当成了普加乔夫的宫廷宠臣。

我们继续赶路。天渐渐黑下来。我们来到一座小城，据那个大胡子司令说，这里驻扎着一支精锐部队，就要去和自封皇帝会合了。哨兵叫我们停车。他们问，车上是什么人；车夫响亮地回答说："是皇上的教亲和他的夫人。"突然一群骠骑兵把我们包围起来，气势汹汹地破口大骂。"出来，鬼教亲！"一个留小胡子的骑兵司务长对我说，"马上叫你和你老婆尝尝厉害的！"

我下了马车，要他们带我去见他们的长官。他们看见我是军官，就不再骂了。司务长便带我去见一位少校。萨维里奇寸步不离地跟着我，嘴里嘟哝着："这就是皇上教亲！才出火坑，又进火海……我的主啊！这可怎么了结呀？"马车跟在我们后面。

过了五分钟，我们来到一座小房子前面，里面灯火通明。司务长把我交给哨兵，自己进去通报。他一会儿就走了出来，对我说，少校大人没工夫见我，吩咐把我送到监狱去，把太太带到他那儿去。

"这是什么意思？"我愤怒地叫起来，"难道他发疯了？"

"我不知道，先生，"司务长回答说，"少校大人只是吩咐把您先生送到监狱去，把太太带到他那儿去。"我朝台阶上冲去。哨兵不想拦阻我，我便径直跑进一个房间，里面有五六个骠骑兵军官在赌钱。少校在坐庄。我朝他一看，认出他就是当初在辛比尔斯克旅店里赢了我钱的伊凡·伊凡诺维奇·祖林，我是多么惊讶呀！

"谁能想到呀？"我叫起来，"伊凡·伊凡诺维奇！是你吗？"

"哎呀呀，彼得·安得列伊奇！什么风把你吹来的？从哪儿来？你好呀，老弟。一起来玩玩牌吧？"

"谢谢。你最好还是叫人给我找一个住处。"

"你要什么住处？就住在我这儿吧。"

"不行，我不是一个人。"

"哦，那就让你的伙伴也来这儿住。"

"我不是跟一个伙伴，我是跟……一位小姐。"

"跟一位小姐！你是在哪儿把她勾搭上的？哈哈，老弟！"祖林说着，很俏皮地吹起口哨，大家哈哈大笑起来。我却窘得不知如何是好。

"好吧，"祖林又说下去，"那就这样。给你找个住处。不过可惜……照老规矩我们本来可以好好喝一顿的……喂，弟兄们！怎么还不把普加乔夫的女教亲带到这儿来？是她不肯来吗？告诉她，叫她不要害怕：这儿的老爷可好呢；一点不会委屈她，还要好好地跟她亲热亲热。"

"你这是说什么呀？"我对祖林说，"什么普加乔夫的女教亲？这是已故的米罗诺夫上尉的女儿。我把她救出来，现在是把她送到乡下我父亲那里去，让她住在那儿。"

"原来如此呀！刚才他们向我报告的就是你吗？恕罪，恕罪！不过这究竟是怎么一回事儿呀？"

"等会儿从头对你说说。现在你行行好，安慰安慰可怜的姑娘吧，你的骠骑兵把她吓坏了。"

祖林立刻作了安排。他亲自走到街上，向玛莎小姐道歉，说都是出于误会，并且吩咐司务长把城里最好的房子腾给她住。我就在他这里过夜。

我们吃过晚饭，等到剩了我们两个人，我便对他说起我的奇遇。祖林很用心地听着。等我说完了，他摇了摇头，说道："老弟，这一切都很好；只有一样不好：为什么你鬼迷心窍，要结婚呀？我是一个正派军官，不愿意欺骗你：你要相信我的话，结婚是件蠢事。结了婚，又要忙着伺候老婆，又要照料孩子，你犯得着吗？唉，算了吧。还是听我的话，丢开那个上尉的女儿。去辛比尔斯克的路我已经扫清了，没有危险了。明天你就叫人送她一个人到你父母那里去；你就留在我的部队里。你也不必回奥伦堡去。万一再落到暴徒手里，未必还能够脱身。这样你那股恋爱蠢劲儿也就自然而然过去了，一切都会好起来的。"

虽然我不完全赞同他的话，但我觉得应该留在女皇的军队里，尽军人的天职。我决意听从祖林的劝告：把玛莎小姐送到乡下去，我就留在他的部队里。

萨维里奇来给我脱衣服。我就对他说了，要他明天就和玛莎小姐一起回乡下。他本来怎么也不肯。"你怎么啦，少爷？我怎么能把你丢下？谁服侍你呀？老爷和夫人会怎么说呀？"

我知道我的老家人的倔脾气，便有意拿深情和真诚打动他。

"你是我的好朋友，阿尔希普·萨维里奇！"我对他说，"你答应我，为我做做好事吧。我这里用不着人服侍。没有你陪着，玛莎小姐一个人走，我不放心。你服侍她，也就是服侍我，因为我已经拿定主意，情况一好转，我就和她结婚。"

这时萨维里奇把两手一扎煞，那惊讶的样子是笔墨无法形容的。

"结婚！"他学说一遍，"小孩子想结婚哩！老爷会怎么说，夫人会怎么想呀？"

"等他们了解了玛莎小姐的品性，就会同意的，一定会同意，"我回答说，"我还指望你呢。我爹和我妈都信得过你：你会替我们说服他们，不是吗？"

老头子感动了。"噢唷，彼得·安得列伊奇，我的爷呀！"他回答说，"您想结婚虽然早了点儿，可是玛莎小姐实在是一个好小姐，错过这个机会，真是罪过。那就依你的吧！我送她，送这个天使一般的小姐回去，并且恭恭敬敬地禀告老爷和夫人，娶这样好的媳妇，是不必要陪嫁的。"

我谢过萨维里奇，便在祖林的房间里躺下来。我又兴奋又激动，话也就多起来。祖林起初高高兴兴和我聊了一会儿；可是后来他说话渐渐少了，也渐渐不连贯了；终于，他不再回答我的问话，却打起呼噜，而且发出呼哧声。我也不再说话，一会儿也就像他一样了。

第二天早晨，我就到玛莎小姐那儿去。我把我的想法说给她听了。她认为这样做合情合理，立刻就同意了我的意见。祖林的部队这一天就要出发。不能再耽搁了。我当即和玛莎小姐告别，把她交给萨维里奇照管，并把我给父母的一封信交给她。她哭了起来。"再见吧，彼得·安得列伊奇！"她小声对我说，"咱们能不能再见面，只有天知道；但是我一辈子也不会忘记您；到死我心里也只有您一个人。"我什么也不能回答她。我们周围都是人。我不想当着众人的面任凭我胸中如潮的感情流露。终于她乘着马车走了。我回到祖林房里，愁眉苦脸，一句话也不说。他想让我高兴高兴，我也想排遣心中郁闷，我们就热热闹闹地过了一天，到晚上我们就出发了。

这时已经是2月底。不利于调动部队的冬季即将过去，我们的将军们都在准备联合行动了。普加乔夫的部队还在奥伦堡城下。然而在他的周围有许多部队在集结，并从四面八方逼近匪巢。暴动的村庄一见我们的部队就归顺；一伙伙匪徒四处逃窜；眼看就要大功告成了。

不久，戈利岑公爵就在塔吉谢夫要塞一战中击溃普加乔夫，把他的人马打败，解了奥伦堡之围，似乎给予暴动军最后的、致命的一击。这时候祖林奉命讨伐一帮帮叛乱的巴什基尔人，不等我们看到他们，他们已经四散奔逃了。春天把我们困在一个鞑靼人的小村子里。河流泛滥，道路不能通行。我们无所事事，但我们是开心的，因为想到和强盗与野蛮人打的这场乏味的、毫无意义的战争很快就要结束了。

但普加乔夫还没有捉到。他出现在西伯利亚的一些工厂里，在那里纠集新的匪帮，重新作乱。他不断取胜的消息又纷纷传来。我们听说西伯利亚一些要塞被攻破。不久，又有消息说喀山失守，自封皇帝正在向莫斯科进军，将领们原来以为不堪一击的叛乱者已经无力挣扎，可以高枕无忧了，现在听到这些消息，大为惊慌。祖林接到横渡伏尔加河的命令。①

——————————

① 普希金抽去的《删去的一章》应接在此处，这一章只留下草稿。

我不想描写我们的进军和战争的结局。我只是简单地说，灾难已到了顶点。我们经过一些被暴徒破坏过的村庄，又不得不把贫苦居民抢救下来的东西夺走。到处官府关闭，地主们纷纷躲进森林。匪帮到处横行；各部队将领任意杀罚；广大地区烽火四起，景象十分悲惨……但愿上帝不要让人看到这种毫无意义和残酷无情的俄国叛乱！

　　普加乔夫被伊凡·伊凡诺维奇·米赫尔孙追赶得到处逃窜。不久我们就听说他的军队被彻底击溃了。终于祖林得到消息，说自封皇帝已被捕获，同时也收到停止追击的命令。战争结束了。终于我可以回到父母那里去了！一想到就要拥抱他们，就要见到杳无音信的玛莎小姐，就心花怒放，精神抖擞。我像小孩子一样又蹦又跳。祖林耸耸肩膀，笑着说："嘿，你高兴得太早了！一结了婚，什么都完了！"

　　可是同时，有一种奇怪的心情常常败坏我的兴致：我一想到那个双手沾满这么多无辜牺牲者鲜血的强盗，想到他即将被处死，不由得就惶惶不安。"叶梅利扬①呀，叶梅利扬！"

---

① 叶梅利扬，普加乔夫的名字。

我在心里很难过地说，"你怎么没有死在刺刀下或者炮火下呀？你不会有更好的下场的。"有什么办法呢？我一想到他，就必然联想到在他一生最令人震惊的时刻里他对我的怜惜，想到他从卑鄙的什瓦布林手中搭救了我的未婚妻。

祖林给了我假期。再过几天，我就可以回到家里，又见到我的玛莎小姐了……突然一个晴天霹雳向我打来。

在预定要动身的那一天，就在我要出门的时候，祖林走进我屋里来，手里拿着一张纸，脸上带着一副特别忧虑的神气。我心里好像有什么东西扎了一下。我害怕起来，自己也不知道为什么害怕。他把我的勤务兵支使出去，就对我说，他找我有事。"什么事？"我惶惶不安地问。"一件不愉快的小事，"他说着，把那张纸递给我，"你看看吧，这是我刚刚收到的。"我看起来：这是一张秘密的通缉令，命令各部队长官，不管我在哪儿，务必将我逮捕，并立刻押送喀山，交给普加乔夫案件侦查委员会。

这张纸差点儿从我手里掉下去。"没办法呀！"祖林说，"我的天职是服从命令。想必是你和普加乔夫亲亲热热乘车出门的事儿也传到了官府里。但愿这事儿不会造成什么严重后果，但愿你能申辩清楚。不要灰心丧气，你就去吧。"我

154

的良心是清白的；我不怕审讯；但一想到我那甜蜜的会面时刻要推迟，也许要推迟几个月，我就觉得可怕。马车已经准备好了。祖林亲热地和我道别。我被押上马车。跟我坐在车上的是两名手执出鞘马刀的骠骑兵。我们的马车上了大路。

第十四章　审讯

世上的流言——

海上的波澜

——谚语

　　我深信，这一切都是由于我擅自离开奥伦堡。我很容易证明自己无罪，因为单枪匹马出战不仅从来不禁止，而且多方面受到鼓励，有可能指控我过分急躁，而不是违抗军令。不过我和普加乔夫的友好交往可能已有许多目睹者作证，这种交往至少应该是非常可疑的。我一路上思索着面临的审讯，考虑怎样回答，想来想去，拿定主意到法庭上实话实说，认为这种办法最简单，也是最可靠的。

　　我来到经受了战火和洗劫的喀山。一条条街道上没有房屋，只有一堆堆焦炭和一堵堵没有屋顶和窗户的熏得黑黑的断垣残壁。这就是普加乔夫留下的痕迹！我被带到这座毁于战火的城市的一座幸存的要塞里。两个骠骑兵把我交给值班军官。值班军官吩咐把铁匠叫来。给我上了脚镣，并且把脚镣钉死。然后把我带到监牢里，把我单独关在一间又小又黑的牢房里，这牢房只有光秃秃的四壁，还有一个装了铁栏杆的小小窗户。

这样的开端告诉我，不会有什么好事情。不过我既没有泄气，也没有灰心绝望。我采取了所有悲伤的人常用的自我安慰的办法，第一次尝试了发自纯洁而慌乱的心的祈祷的甜蜜，不再担心下文如何，就心安理得地睡着了。

第二天，监狱的一名看守把我叫醒，说委员会传讯我。两名士兵带着我，穿过一个庭院，走进司令部的房子，他们在前厅里站住，让我一个人进入里面的房间。

我走进一个相当宽敞的大厅。一张大桌子上放满公文卷宗，桌子后面坐着两个人：一个上了年纪的将军，一脸严肃和冷峻的神气；一个年轻的近卫军上尉，二十七八岁，外貌很讨人喜欢，神态举止又灵活又潇洒。窗口单独有一张桌子，后面坐着一名书记，耳朵上夹着一支笔，弯身对着一张纸，已准备好记录我的口供。审讯开始了。问了我的姓名和军衔。将军问我，是不是安得列·彼得罗维奇·格里尼约夫的儿子。他听了我的回答，带着不以为然的神气冷冷地说："可惜，这样可敬的一个人竟养了这样一个不肖儿子！"我镇静地回答说，不论指控我犯了什么样的罪，我都可以凭良心说清事实，证明无罪。他很不喜欢我的自信态度。"伙计，你很机灵，"他皱着眉头对我说，"可是比你更机灵的人我们也见过！"

于是那个年轻军官就问我：我是在什么情况下和在什么时候去为普加乔夫效力的，他指使我办过一些什么事？

我慷慨激昂地回答说，我是一个军官和贵族，不可能去为普加乔夫效力，也不可能为他办什么事。

"一个军官和贵族，"审讯我的军官反驳说，"为什么在同事们全被残杀的时候，独独会得到自封皇帝的赦免呢？为什么就是这个军官和贵族可以亲亲热热地跟暴徒一起畅饮，还接受暴徒首领赠送的皮袄、马匹和半个卢布呢？怎么会有这种奇怪的交情，这种交情如果不是出于背叛，或者至少出于卑鄙无耻的怯懦，那又是出于什么呢？"

我听了这个近卫军军官的话，觉得受了很大的侮辱，于是带着火气为自己申辩起来。我说了说，我是怎样在暴风雪中在草原上认识了普加乔夫；又说了说，在白山要塞失陷时他怎样认出我，没有杀害我。我说，我确实很不应该地接受了自封皇帝的一件皮袄和一匹马，不过我在保卫白山要塞时是尽最后力量抵抗这个强盗的。最后我提到我们的将军，说他可以证明我在奥伦堡被围困时期的忠诚。

这时那个严肃的老将军从桌上拿起一封拆开的信，念了起来：

　　阁下来函询及格里尼约夫准尉之事，云该准尉似已卷入此次叛乱，与叛匪勾结，实为军法所不容，违背军人誓言；谨答复如下：该格里尼约夫准尉在奥伦堡军中效力是1773年10月初至今年2月24日，是日擅自出城，至今未返回部队。据降匪供称，彼曾进入普加乔夫所驻之小镇，并偕其前往彼曾服役之白山要塞。至于其所作所为，则可以……

他念到这里，停下来，厉声对我说：
"你现在还有什么话好说？"

我本来想还像开头那样说下去，还像说其他一些事儿那样如实地说说我和玛莎小姐的事儿。可是我心中突然产生了一种无法克制的厌恶心情。我想到，如果我说出她的名字，委员会一定要传她来质问。一想到会使她的名字和坏人的告密牵扯到一起，并且会把她传来和他们对质，就觉得可怕，好像当头一棒，我不由得犹豫了，心里乱了。

　　审讯我的两位法官起初听我回答似乎抱有一点儿好感的，一看到我慌乱起来，又像原来一样看待我了。近卫军军官提出，要我和主告发人对质。将军吩咐传唤昨天那个恶徒。我立即转身朝着门口，等待告发我的人来到。过了几分钟，响起铁镣声，门开了，走进来的是……什瓦布林。我看到他模样大变，不由得吃了一惊。他瘦得厉害，脸也苍白得厉害。他的头发不久前还乌黑乌黑的，现在完全白了；长长的大胡子乱蓬蓬的。他用微弱然而毫不含糊的声音把他对我的控告重复了一遍。照他的说法，我是普加乔夫派到奥伦堡去的奸细；每天出城交战为的是传送有关城里活动的种种情报；最后公开投奔自封皇帝，并且跟他一起到各个要塞去视察，千方百计谋害叛变的旧日同事，以便取代他们的职位，博得自封皇帝的封赏。我一声不响地听他说完了，并且有一点使我很满意：这个卑鄙的家伙没有提到玛莎小姐的名字。不知道这是不是因为他一想到她不客气地拒绝过他，就触痛他的自尊心，还是因为他心中也隐藏着感情的火花，正是这种感情使他没有说出来的——不管怎样，没有在审讯中提到白山要塞司令的女儿的名字。我的决心更加坚定了。所以，当法官问我有什么话可以反驳什瓦布林的供词时，我回答说，坚持我原来的申述，没有别的话好说。将军吩咐把我们带出去。我们一起走出来。我泰然自若地朝什瓦布林看了一眼，但一句话也没有对他说。他恶狠狠地冷笑了一下，就提起脚镣，走到我前面去，加快了步子。我又被送回监狱，以后就没有再提审过我了。

还有一些事我应该向读者交代的，那都不是我亲眼所见的了；但是我听说的次数太多了，所以连一些细微情节都深深印入我的脑际，就好像我在无形中亲身经历了。

我的父母古道热肠，盛情接待玛莎小姐。他们认为有缘收留和照顾一个不幸的孤女，是上帝的恩赐。不久他们就由衷地喜欢她了，因为只要了解了她，就不能不喜欢她的。我爹再也不认为我的恋爱是胡闹；我妈则一心希望她的好儿子娶这个可爱的上尉的女儿。

听到我被捕的消息，全家人大为震惊。玛莎小姐老老实实把我和普加乔夫的奇遇对我的父母说了说，他们听了不但不惊慌，而且常常开心地笑起来。我爹连想也不想我会参加这种旨在推翻帝制和消灭贵族的可恶的叛乱。他严厉地讯问过萨维里奇。老家人没有隐瞒，说少爷去见过普加乔夫，那强盗也还是很看得起他的；但是他赌咒发誓，说他从来没有听说少爷叛变过。两位老人家放心了，就急切地等待着好消息。玛莎小姐天天提心吊胆，但是却什么话也不说，因为她天生是非常持重和谨慎的。

又过了几个星期……我爹突然收到我家亲戚某公爵从彼得堡寄来的信。公爵是向他报告我的事。在几句客套话之后，他就向他报告说，关于我参与暴徒造反的嫌疑不幸已得到充分证实，本应将我处死示众，但女皇念及父亲的功绩和高龄，决定对有罪的儿子开恩，免于可耻的死刑，只是下旨发配西伯利亚辽远的边疆，终身流放。

这突如其来的打击差点儿送掉我爹的命。他失去了往日的刚强，他有痛苦往常是不表露的，现在常常在痛苦的怨诉中表露出来。"怎么！"他不由自主地一遍又一遍地说，"我的儿子参与普加乔夫造反哩！公正的上帝啊，我怎么落到这个地步呀！女皇兔了他的死刑呢！难道这样我就好过些？可怕的并不是死刑：我的先祖就是为了维护他良心上最神圣的东西，死在刑场上；我父亲就同沃伦斯基和赫鲁晓夫一起遇难①。可是一个贵族竟违背自己的誓言，与强盗、杀人犯、逃跑的奴隶相勾结！……这是我们家的奇耻大辱！……"我妈见我爹如此灰心绝望，吓坏了，不敢当着他的面哭，并且想方设法劝他打起精神，说流言不可靠，人们的说法也不一样。我爹仍然非常伤心。

最痛心的是玛莎小姐。她深信，只要我愿意，完全可以洗清自己的罪名，所以她能猜到事情的真相，认为我的不幸是她造成的。她不让任何人看到自己的眼泪和痛苦，同时不断地思索营救我的办法。

有一天晚上，我爹坐在沙发上翻阅《皇家年鉴》；但他的心思已经飞得远远的，所以这一次看年鉴不像往常那样动感情。他用口哨吹一支古老的进行曲。我妈一声不响地在打毛线衣，泪水不时滴到毛衣上。玛莎小姐也坐在这儿做针线活儿，突然说她必须要到彼得堡去，要求给她一些盘缠。我

① 沃伦斯基，18世纪女皇安娜·伊凡诺芙娜的内阁大臣，因反对"比伦奇政"，与赫鲁晓夫等人一起遇难。

163

妈很伤心。"你上彼得堡去干什么呀？"她说，"玛莎，难道你也想离开我们吗？"玛莎小姐回答说，她今后的命运完全取决于这次远行了，她是要凭一个殉国军人女儿的身份，去请求一些有权势的人保护和帮助。

我爹低下了头：凡是似乎提到儿子的罪行的话，他听了都受不了，觉得就像是最辛辣的责备。"好呀，你走吧！"他叹着气对她说，"我们不想耽误你的终身大事。愿你能找到一个好人，而不是一个判了刑的叛徒。"他站起来，走了出去。

玛莎小姐看到房里就剩了她和我妈妈，就把自己的打算对她说了一些。妈妈含泪抱住她，祈求上帝保佑她谋求的事有个圆满的结局。家里人为玛莎小姐做好出门的准备，过了几天，她便带着忠心的巴拉莎和忠心的萨维里奇上路了。不得不离开了我的萨维里奇，一想到他是在服侍我的未婚妻，至少可以得到一点安慰了。

玛莎小姐顺利地来到索菲亚镇上，在驿站上听说女皇圣驾这时正在皇村，便决定在这里住下来。给她腾出隔板后面的一个小小房间。驿站长的妻子立刻跟她聊起来，她自称是宫中一名烧炉工的侄女，讲了宫中生活的种种秘事。她说了说，女皇平常几点钟醒来，几点钟喝咖啡，散步；当时驾前有哪些大臣；昨天进膳时她说了些什么，晚上召见了什么人，——总之，驿站长妻子说的话够写几页历史文献，对于后代将是极其珍贵的。玛莎小姐听得很仔细。她们往花园里走去。驿站长妻子讲了每一条林荫道和每一座小桥的掌故；等她们玩够了，回到驿站的时候，彼此已经很投契了。

第二天清早，玛莎小姐醒来，穿好衣服，便悄悄朝花园里走去。早晨是晴朗的，太阳照耀着已经被寒冷的秋风吹黄了的菩提树梢。宽阔的湖面金光闪闪，一动也不动。刚刚醒来的天鹅雍容地从岸边密密的灌木丛中游出来。玛莎小姐朝一片绿油油的草地边上走去，草地上刚刚建立起一座纪念碑，纪念彼得·亚历山大罗维奇·鲁缅采夫伯爵不久前对土耳其作战的胜利。突然有一只英国种的小白狗汪汪叫起来，并且迎着她跑来。玛莎小姐吓了一跳，就站了下来。就在这时候，响起悦耳的女声："不要怕，它不咬人。"玛莎小姐就看见一位贵夫人坐在纪念碑对面的长椅上。玛莎小姐便坐到长椅的另一头。那贵夫人凝神注视着她；玛莎小姐也用眼角瞟了她几眼，把她从头到脚打量了一番。她穿着白色晨衣和背心，戴着睡帽。她有四十岁上下。她的脸丰腴而红润，显得雍容而安详，那一双蓝眼睛和她的微笑具有一种难以形容的美。

贵夫人首先打破沉默的局面。

"您想必不是此地人吧？"她说。

"您说对了：我是昨天刚从外地来的。"

"您是和您的家里人一起来的吗？"

"不是的。我是一个人来的。"

"一个人。可是您还这样年轻呀！"

"我没有爹，也没有妈了呀。"

"您到这儿来，一定是有什么事情吧？"

"您说对了。我是来向女皇上书的。"

"您是一个孤女：想必您是来控告不公道和欺压之事吧？"

"不是的。我是来请求开恩，不是申冤。"

"请问，您是什么人？"

"我是米罗诺夫上尉的女儿。"

"米罗诺夫上尉家里的！就是在奥伦堡的一个要塞里当司令的那个米罗诺夫吗？"

"就是的。"

贵夫人似乎感动了。她用更亲切的语气说："如果我干预了您的事，那就请原谅；不过我是宫廷里的人，您有什么请求，就请对我说说，也许我能对您有所帮助。"

玛莎小姐站起来，恭恭敬敬地向她道谢。这位不相识的贵夫人的言谈举止不由得引起她的好感，博得了她的信任。玛莎小姐从口袋里掏出叠好的请求书，交给这位素不相识的好心人，贵夫人就看了起来。

起初她看着，流露出一副认真和赏识的神气；可是骤然她的脸色大变，一直注视着她的一举一动的玛莎小姐，看到这张一分钟之前还是那样愉快和安详的脸一下子变得这样严肃，不禁吓了一跳。

"您是为格里尼约夫求情吗？"贵夫人冷冷地问道，"女皇不会赦免他的。他投靠那个自封皇帝不是由于无知和轻率，就因为他是一个品行不端、为非作歹的坏蛋。"

"哎呀，不是的！"玛莎小姐叫起来。

"怎么不是！"贵夫人涨红了脸，反驳说。

"不是的，真的不是！我全知道，我全对您说说。他全是为了我，才落到这个地步。他要是在法庭上没有为自己洗刷清楚的话，那可能只是因为他不愿意把我牵连进去。"于是她十分动情地把读者诸君已经知道的一切说了说。

贵夫人留心听她说完了。"您现在住在哪儿？"然后她问道。听说是住在驿站长妻子那儿，她就笑着说："哦！我知道了。再见吧。不管对谁都不要说咱们见过面。我想，不久您会得到答复的。"

她说着站起来，走进有顶的林荫道，玛莎小姐也满怀快乐的希望回到驿站长家里。

女主人责备她不该在秋天的早晨出去散步，据她说，这对年轻姑娘的身体是有害的。她拿来茶炊，端起茶杯，正要开始讲那些没完没了的宫中故事，忽然有一辆宫廷马车在台阶前停下来，一位宫廷近侍走进来，说女皇要召见米罗诺夫家姑娘。

驿站长妻子大吃一惊，接着就忙活起来，"哎哟，我的天呀！"她叫起来，"女皇宣您进宫哩。她这是怎么知道您的？可是您怎样觐见女皇呀，好姑娘？我看，您连在宫中怎样走路都不会……要不要我陪您去？遇到什么事我至少还可以提醒提醒您。再说，您怎么能穿着这旅行服装去呀？要不要叫人去找接生婆把她那件黄礼服借来？"宫廷近侍说，女皇是要玛莎小姐一个人去，就穿这身衣服行了。没有办法，玛莎小姐就上了马车，带着驿站长妻子一遍又一遍的嘱咐和祝福，往宫中而去。

玛莎小姐预感到我们的命运就要决定了；她的心猛烈跳动着，紧张得不得了。过了几分钟，马车在宫前停下来。玛莎小姐怀着怦怦跳动的心走上台阶。宫门在她面前敞开了。她穿过长长的一排没有住人的金碧辉煌的房间；宫廷近侍给她引路。最后，来到一道紧闭着的门前，宫廷近侍说他这就去通报，让她一个人在门外等候。

　　一想到当面见到女皇，她心里非常害怕，好不容易支持住，没有跌倒。过了一会儿，门开了，她走进女皇的梳妆室。

　　女皇坐在自己的梳妆台前。几名宫廷侍从侍立在她周围，见玛莎小姐来了，恭恭敬敬地向两边闪开。女皇亲切地向她转过身来，玛莎小姐认出她就是几分钟之前自己坦率地向其说明来意的那位贵夫人。女皇叫她走过去，笑盈盈地对她说："我能履行我的诺言，满足您的请求，我很高兴。你们的事可以了结了。我相信您的未婚夫是无罪的。这一封信，就麻烦您亲自交给您未来的公公。"

　　玛莎小姐用颤抖的手把信接过来，就流着眼泪跪倒在女皇脚下，女皇把她扶起来，并且吻了吻她。女皇又和她说了说话儿。"我知道您并不富裕，"她说，"而且我也应该关怀米罗诺夫上尉的女儿。您不要为今后生活发愁。我负责为您创建家业。"

女皇对不幸的孤女好好抚慰了一番，便让她走了。玛莎小姐坐上原来那辆宫廷马车离开了皇宫。急切地等待她回来的驿站长妻子接二连三地问了她许多问题，玛莎小姐回答起来好不容易。驿站长妻子虽然很不满意她的没有记性，但认为这是外地人不大方，也就宽大为怀，不再计较了。玛莎小姐还没有好好地看看彼得堡，当天就回乡下去了……

彼得·安得列伊奇·格里尼约夫所记到此为止。从家族的传说中可以知道，他在 1774 年底依照圣谕被释放；还可以知道，普加乔夫被处死的时候他也在场，普加乔夫在人群中认出了他，并且向他点了点头，几分钟之后，这个头便被割下来，而且血淋淋的被挂起来示众了。后来过了不久，格里尼约夫少爷便娶了玛莎小姐。他们的后代在辛比尔斯克省过着平安幸福的生活。在离***三十俄里的地方，有一个村庄，村里有十家地主。在一间地主厢房里悬挂着叶卡捷琳娜二世御笔亲书的一封信，镶了镜框，还罩了玻璃。这封信就是写给彼得·安得列伊奇的父亲的，宣布他的儿子无罪，赞扬米罗诺夫上尉的女儿的聪慧和贤良。彼得·安得列伊奇·格里尼约夫的手稿我们是从他的一个孙子手里得到的，因为他知道我们在整理他的祖父所写的那个时代的著作。我们取得家属的同意，决定单独出版这部手稿，并且在每一章之首配上适当的题词，还斗胆改换了一些人的真实姓名。

出版人

1836 年 10 月 19 日

删去的一章 ①

我们来到伏尔加河畔；我们的团开进＊＊村，就在这里宿夜。村长告诉我，对岸所有的村庄都暴乱了，到处都有普加乔夫匪帮的人马在活动。我听到这个消息心里乱腾起来。我们原定第二天早晨才渡河。我焦急起来。我爹的村子就在对岸三十俄里的地方。我问，能不能找到渡河的小船。所有的庄稼人都会捕鱼；小船很多。我找到格里尼约夫，对他说了说我的打算。"你要谨慎，"他对我说，"一个人过去很危险。还是等到明天早晨吧。到时候咱们先过去，去看望您的父母，并且带五十名骠骑兵，以防万一。"

我还是照原来的打算行事。小船找好了。我和两个船夫

---

① 这一章未收入《上尉的女儿》定稿中，只作为草稿保留下来，题名为《删去的一章》。在这一章中，格里尼约夫名为布拉宁，祖林则名为格里尼约夫。

上了船。他们解了缆，便划起长桨。

天空明朗。月华如水。没有一丝风——伏尔加河平稳而安静地流动着。小船轻轻晃动着，迅速地滑行在黑魆魆的波浪间。我不由得沉思遐想起来。半个小时过去。我们已经到了河心……突然两个船夫窃窃私语起来。"怎么一回事儿？"我回过神来，问道。

"不知道，谁知道呀，"两个船夫望着一个方向，回答说。我也朝同一方向望去，就看到黑暗中有一样什么东西顺着伏尔加河往下漂来。那黑乎乎的东西越来越近了。我吩咐船夫停下来等着。月亮躲进一片云里。那漂浮的黑乎乎的东西更模糊了。已经离我们很近了，可我还是看不出那是什么。"这到底是什么呀？"船夫说。"帆不像帆，桅不像桅……"忽然月亮从云彩里钻出来，一下子映照出一个可怕的场面。迎面漂来的是一个竖在木筏上的绞架，三具尸体吊在横梁上。我顿时产生了病态的好奇心，很想看看三具尸体的面孔。

两个船夫按照我的吩咐用钩竿钩住木筏，我们的小船便撞到了漂浮的绞架。我跳上木筏，站到两根可怕的柱子中间。明亮的月光照亮了死者那很难看的面孔。其中一个是楚瓦什老头子，另一个是俄罗斯农民，是一个二十岁左右的身强力壮的小伙子。等我一看第三个，不禁大吃一惊，忍不住痛心地叫起来：这是万卡，我那可怜的万卡，因为糊涂去投奔了普加乔夫的。他们头顶上方钉着一块黑色的木牌，上面用老大的白字写着"强盗和暴徒"。两个船夫用钩竿钩着木筏，淡漠地望着，等待着我。我又坐到小船上。木筏顺流往下漂去。那黑黑的绞架在昏暗的夜色中有好久还隐约可见。最后终于消失了；我的小船也靠拢了又高又陡的河岸……

我很大方地付了船钱。其中一个船夫带我去找渡口附近一个村庄的村长。我和他一同走进一座小屋。村长听说我要马，对我相当无礼，但带我来的船夫小声对他说了几句话，他的冷淡无礼立刻变成忙不迭的殷勤。一会儿工夫三驾马车就套好了。我坐上马车，吩咐把我送到我们的村里去。

我的马车在大道上飞驰着，从一个个沉睡的村庄外面经过。我只怕在半路上被拦截住。如果夜里我在伏尔加河上所见证实此地有暴徒的话，那同时也可以证实政府在作有力的反击。为了防备万一，我口袋里既有普加乔夫给我开的通行证，也有格里尼约夫上校的命令。可是我什么人也没有碰到，天麻麻亮的时候，我就看见一条小河和一片云杉林，再过去就是我们的村子了。车夫照马身上抽了几鞭，过了一刻钟，马车就进了村子。

我家的宅院在村子的另一头。几匹马大步奔跑着。忽然车夫就在街心里勒起马来。"怎么回事儿？"我焦急地问道。"老爷，有岗哨。"车夫使劲儿把狂奔的马勒住，回答说。真的，我看到路上设了障碍物，还有一名手执木棍的岗哨。那汉子走到我跟前，脱下帽子，向我要证件。"这是什么意思？"我问他，"干吗要设障碍物？你这是给谁站岗？""哦，少爷，我们造反了。"他抓抓头皮，回答说。

"老爷和夫人在哪儿？"我的心怦怦跳着，问道。

"老爷和夫人在哪儿？"那汉子重复了一遍，"老爷和夫人在谷仓里。"

"怎么在谷仓里？"

"是安得柳哈，就是地保，把他们关起来的，还给他们上了脚镣，要送到皇爷那里去。"

"我的天呀！混蛋，快把障碍物搬开。你还发什么呆？"那汉子迟迟不肯动。我跳下马车，打了他一记耳光（真是罪过），自己把障碍物搬开。那汉子呆呆地看着我。我又上了马车，吩咐把车赶进老爷的宅院。谷仓就在院子里。紧闭的仓门两边站着两个汉子，也都手执木棍。马车就停在他们面前。我跳下马车，朝他们奔去。"把门打开！"我对他们说。我的样子一定是很可怕的。至少他们丢下木棍，跑掉了。我砸了几下，想把锁砸掉，把门撞开，但这门是橡木的，锁也很大，砸不掉。这时候一个挺拔的年轻汉子从下房里走出来，神气活现地问我，怎么敢在这里胡闹。"地保安得列那小子在哪儿？"我对他大声说，"把他给我叫来。"

"我就是安得列·阿法纳西耶维奇，不是什么安得列小子。"他傲慢地叉着腰，回答说，"你要干什么？"

我没有回答他，一把抓住他的衣领，把他拖到仓门口，叫他开门。这个地保本来不肯，但家常的惩罚对他也起了作用。他掏出钥匙，开了仓门。我冲进门去，从屋顶的狭小缝隙中透进来一缕光线，我借着这点微弱的光线在幽暗的角落里看到了我爹和我妈。他们的手都被捆着，脚都套上足枷。我扑过去把他们抱住，一句话都说不出来。他们惊愕地望着我。——我从军三年，模样大变，他们一下子认不出我了。我妈"啊呀"了一声，眼泪就扑簌簌流起来。

我忽然听到一个亲切而熟悉的声音。"彼得·安得列伊奇！是您呀！"我呆住了……我往四下里看了看，就在另一个角落里看到玛莎小姐，也被捆绑着。

我爹一声不响地看着我，连自己的眼睛也不敢相信。他脸上显露出喜悦的神气。我急忙用马刀割断他们的绳索。

"你好，你好，我的好彼得，"我爹把我紧紧抱在怀里，对我说，"谢天谢地，终于盼到你了……"

"我的好彼得，我的好孩子，"我妈说，"你怎么能来了呀！你身体好吗？"

我急忙带他们走出这囚禁的地方，可是一走到门口，发现门又锁上了。"安得列，你这小子，"我叫起来，"快开门！""没这么便宜！"地保在门外回答说，"你也在里面待着吧。我们就教教你怎样胡闹和揪皇家官员的领口！"

我在谷仓里四处打量起来，看有没有什么办法钻出去。

"不要白费心思了。"我爹对我说，"我这个当家人可不是那样马虎，在谷仓里留几个窟窿，让小贼钻进钻出。"

我妈本来看到我回来，高兴了一会儿的，现在看着我也要跟家人同归于尽，灰心绝望了。可是我自从和他们，和玛莎小姐在一起的那一刻起，就安心多了。我随身带有一把马刀和两支手枪，我还能对付他们的包围。格里尼约夫到晚上想必就能赶来解救我们。我把这个意思对我父母说了说，我妈也就放心了。我们就完全沉浸在一家人团圆的欢乐中。

"唉，彼得呀，"我爹对我说，"你也淘气够了，我为你也生了不少气。不过，过去的事就不提了。我想，你现在已经安分，走正路了。我知道，你现在是好好服役，像一个正正经经的军官了。谢谢了。你使我老头子得到了安慰。你要是能把我救出去，那我今后就活得更称心了。"

我含泪吻着他的手，并且望着玛莎小姐，她见我在这里是那样高兴，好像已经幸福美满，已经完全放心了。

中午时分，我们听到不同寻常的闹声和叫嚷声。"怎么回事儿？"我爹说，"是不是你们那个上校来了？""不可能，"我回答说，"不到天黑时候他是不会来的。"闹声越来越大了。敲起了警钟。院子里来了一些骑马的人；这时候，萨维里奇那白发苍苍的头从墙上一个小小窟窿里探了进来，这可怜的老家人用忧伤的声音说："老爷，夫人，少爷，玛莎小姐，糟啦！强盗进村了。你可知道，少爷，他们领头的是谁？是什瓦布林·阿列克赛·伊凡内奇，是那个该死的鬼东西呀！"玛莎小姐一听到这个可恨的名字，两手一扎煞，就呆住了。

"你听着，"我对萨维里奇说，"马上派人到＊＊渡口去迎骠骑兵团；向上校报告我们的危险。"

"少爷，还有谁好派呀！所有的小厮都造反了，马也都

178

抢走了！哎呀呀！他们已经到了院子里，朝谷仓奔来了。"

　　就在这时候，门外响起好几个人的说话声。我一声不响地打手势让我妈和玛莎小姐躲到角落里去，我抽出马刀，身子贴在门后墙上。我爹接过手枪，扳起两支手枪的枪机，站到我旁边。门锁"咔嚓"一响，仓门开了，地保的头探了进来。我挥起马刀砍去，他倒下来，把门口堵住。就在这时候我爹朝门外开了一枪。包围我们的一群人咒骂着跑开了。我把受伤的地保拖进来，从里面把门闩上。院子里到处是带武器的人。我看到什瓦布林就在这些人当中。

　　"不要怕，"我对女眷们说，"有希望。爹，您不要再开枪了。要爱惜最后这点火药。"

　　我妈在默默地祷告上帝；玛莎小姐站在她旁边，带着天使般的安详神情等待着决定我们的命运。门外响起恐吓声和咒骂声。我站在原地方，谁敢闯进来，我就劈谁。忽然强盗们不叫骂了。我听见什瓦布林的声音，他叫我的名字。

　　"我就在这儿，你想怎样？"

　　"投降吧，布拉宁，反抗是没有用的。可怜可怜你家老人吧。顽抗救不了你的命。我有办法收拾你们！"

　　"你试试看吧，奸贼！"

"我不会亲自冒险往里闯，也不会让我们的人白白牺牲。我只要叫人烧掉谷仓，那时候看你这个白山要塞的堂·吉诃德怎么办。现在该吃午饭了。暂时你就坐在那儿，趁空好好想一想吧。再见，玛莎小姐，我就不对您说对不起了：您和您的英雄一起待在黑屋子里，想必不会寂寞的。"

什瓦布林走开了，只在仓房门口留下岗哨。我们都不作声，各自在心里思索着，都不敢把自己想的说给别人听。我想象着穷凶极恶的什瓦布林能做出的种种事情。我几乎丝毫不操心我自己。要我说实话吗？我不怎么担心我父母会怎样，最担心的是玛莎小姐。我知道，我妈深得农民和仆人的爱戴，我爹虽然严厉，但也受到敬爱，因为他为人公正，懂得手下人的真正甘苦。他们造反是受蒙蔽，一时糊涂，不是发泄仇恨，所以一定会留情的。可是玛莎小姐呢？那个下流无耻的家伙会对她怎样呢？我连想都不敢再想这种可怕的事，宁可把她杀死，罪过，罪过，也不愿再一次看到她落入残酷的仇人之手。

又过了约莫一个钟头。那些酒足饭饱的人在村子里大声唱起歌儿。看守我们的一些人对他们眼红起来，却怪罪起我们，对我们破口大骂，说要拷打和杀死我们。我们等待着什

180

瓦布林来下毒手。终于院子里又闹哄起来，我们又听见什瓦布林的声音。

"怎么样，你们想好了吗？是不是乖乖地向我投降？"

谁也没有回答他。什瓦布林等了一会儿之后，就叫人去抱干草来。过了几分钟，火就烧起来，火光照亮了昏暗的谷仓，浓烟从门槛的缝隙里开始往里钻。这时玛莎小姐走到我跟前，拉住我的手，小声说：

"算了，彼得·安得列伊奇！不要为了我毁了您，毁了您的父母。您让我出去。什瓦布林会听我的。"

"说什么也不行，"我生气地叫起来，"您可知道，他会把您怎么样吗？"

"耻辱的事我是不会忍受的，"她镇定地回答说，"不过我也许能救出我的恩人和如此厚待我这个可怜的孤女的一家。别了，安得列·彼得罗维奇，别了，阿芙道济娅·瓦西里耶芙娜。你们待我恩重如山，祝福我吧。彼得·安得列伊奇，您也原谅我吧。请您相信，我……我……"她说到这里就哭起来……双手捂住脸……

我简直要发疯了。我妈也在哭。

"别瞎说了，玛莎小姐，"我爹说，"谁能让你一个人到强盗那儿去！你坐下，不要哭。要死就死在一块儿。你听听，他们还在那儿说什么？"

"你们投降不投降？"什瓦布林在叫着，"你们看见吗？再过五分钟就把你们烧焦了。"

"决不投降，你这坏蛋！"我爹刚强地回答他说。他那到处是皱纹的脸一下子充满活力，流露出蓬勃的朝气，一双眼睛在灰白的眉毛下放射出威严的光芒。他转身朝着我，说，"现在是时候了！"

他把门打开。火一下子蹿进来，冲上布满干青苔的梁木。我爹开了一枪，喊了一声"都跟我来"，就跨过燃烧的门槛。我抓住我妈和玛莎小姐的手，很快地把她们带到外面。什瓦布林被我爹那衰老的手开枪打了个窟窿，倒在门槛旁边。一伙儿强盗没料到我们突然冲了出来，吓得跑了开去，但立刻又打起精神，渐渐把我们包围起来。我挥起马刀砍了几下，但是一块砖头打来，正中我的胸膛。我倒下去，昏迷了一会儿。等我清醒过来，就看到什瓦布林坐在鲜血淋淋的草地上，我们全家都在他面前。我被人架着。一大群农民、哥萨克、巴什基尔人围着我们。什瓦布林脸色煞白。他用一只手按着受伤的腰部。他的脸流露着痛楚和凶狠的神情。他慢慢抬起头来，看了看我，就用微弱无力和含糊不清的声音说：

"绞死他……全绞死……留下她……"

这伙暴徒立刻把我们围住，嚷嚷着把我们朝大门口拖去。可是突然他们把我们丢下，纷纷逃跑：格里尼约夫骑马冲进了大门，他后面是一连挥舞着马刀的骑兵。

暴徒们四散逃窜；骠骑兵前去追赶，砍杀，捉拿。格里尼约夫跳下马，向我爹和我妈鞠躬行礼，紧紧握了握我的手。"恰好我赶到了，"他对我们说，"噢呀！这就是你的未婚妻了。"玛莎小姐羞得一张脸红到了耳朵根。我爹走到他面前，向他表示感谢，虽然很感动，却显得很镇定。我妈拥抱他，把他叫作救命天使。"请赏光到我们家去坐坐吧！"我爹说完，就带着他朝我们家走去。走过什瓦布林身旁时，格里尼约夫站了下来。"这是什么人？"他打量着受伤的什瓦布林，问道。"这是领头的，是匪帮的头目，"我爹带着一个老军人的自豪神气回答说，"上帝保佑，让我这只老手惩罚了这个年轻匪徒，为我儿子所流的血报了仇。"

"这是什瓦布林。"我对格里尼约夫说。

"什瓦布林！很好。来人呀！把他带走！叫我们的医生把他的伤口包扎好，把他保护好，像保护眼睛一样。一定要把什瓦布林送到喀山秘密委员会。他是一名要犯，他的口供应该是很有用的。"

什瓦布林睁开无神的眼睛看了看。他的脸上什么表情也没有，只表现出肉体的痛楚。几名骠骑兵用斗篷把他一裹，就抬走了。

我们走进房里。我怀着一颗怦怦跳动的心朝周围打量着，回想着我的幼年时代。家里什么都没有改变，一切都在老地方。什瓦布林没有让人在我家里抢劫，尽管他卑鄙透顶，却不由自主地保持着反对肆无忌惮劫财的传统。仆人们都来到前厅里。他们没有参与造反，衷心地庆贺我们获救。萨维里奇更是洋洋得意。应当交代的是，就在强盗发起攻击，乱成一团的时候，他跑到马厩里，什瓦布林的马就在里面，他给马上了鞍，悄悄牵出来，就趁着混乱神不知鬼不觉地朝渡口飞奔而去。他奔到伏尔加河边，骠骑兵团已经过了河在休息了。格里尼约夫听他说我们处境十分危险，就下令上马，全速前进，——谢天谢地，终于及时赶到了。

格里尼约夫一定要把地保的头挂到酒店旁边的高竿上，挂几个小时示众。

骠骑兵们追击回来，抓到几个俘虏。就把俘虏关进那座谷仓，就是我们经历了值得纪念的围困的地方。

我们各自回到房间里。两位老人家需要休息。我也一夜没睡了，往床上一倒就睡熟了。格里尼约夫也去办他的事情。

晚上，我们聚集在客厅里，围坐在茶坎旁，快快活活地谈着已经过去的危险。玛莎小姐给大家倒茶，我坐在她身旁，我的心全在她身上。我父母看着我们情投意合的样子，似乎非常赞赏。那个晚上的情景至今还常常出现在我的脑海中。我感到很幸福，幸福美满，在可怜的人的一生中，这样的时刻能有几何呀？

第二天，仆人来向我爹报告，说农民们来到老爷的院子里请罪了。我爹走到台阶上迎他们。庄稼人一见他出来都跪下了。

"怎么样，你们这些糊涂虫，"他对他们说，"你们怎么想起要造反？"

"我们有罪，我们的好东家呀！"他们异口同声地回答说。

"这就对了，你们是有罪。你们闹腾了一阵子，自己也没有什么高兴的。上帝让我和儿子彼得·安得列伊奇又见面了，我很高兴，就饶了你们吧。好啦，就这样吧：知过改过就行了。——你们有罪呀！当然有罪。这样好的天气，早就应该割草了；可是，你们这些蠢货，整整三天干了些什么？村长！安排每个人都去割草。你给我小心，你这滑头家伙，伊里亚节以前，所有的草都要成垛。都给我走吧！"

庄稼汉们鞠了个躬，就去干活儿了，好像什么事也不曾有过似的。

什瓦布林的伤不是致命的。他被押往喀山。我在窗口看着他被押上马车。我们的目光相遇了，他低下头，我也急忙离开窗口。我怕流露出我是在庆幸仇人倒霉和受辱的得意神气。

格里尼约夫还要往更远的地方去。我虽然很想跟家里人在一起再待几天，可还是下定决心跟他走。出发前一天，我去见我的父母，按照当时的习惯，向他们磕头，请他们为我和玛莎小姐的婚事祝福。两位老人把我扶起来，流着高兴的眼泪表示应允。我把脸色煞白、浑身颤抖的玛莎小姐带到他们面前。两位老人家为我们祝了福……我当时心情如何，就不详细描述了。谁要是经历过我这种事儿，不用我说，也会知道；谁要是没经历过，我只能为之惋惜，并且诚心奉劝，趁好时光未过，及时相爱并取得双亲的祝福。

第二天，全团集合，格里尼约夫前来向我们一家人告别。我们都相信，战事很快就会结束；我指望一个月后就可以做新郎了。玛莎小姐在和我告别的时候，当众吻了我。我上了马。萨维里奇又跟着我了——我们的团就出发了。

我远望着我又一次离开的我家的房舍，望了很久。不觉出现一种阴暗的预感，我心中惴惴不安起来。似乎有一个人在小声对我说，并不是所有的灾难都已经过去。我的心感觉到新的风暴又要来临了。

我不想描写我们的进军和普加乔夫战争的结局了。我们经过一些被普加乔夫毁坏的村庄，又不得不从贫苦居民手里把强盗给他们留下的东西夺走。

他们不知道应该听从谁的。到处官府关闭。地主们纷纷躲进森林。匪帮到处横行。普加乔夫当时已向阿斯特拉罕逃窜，派出去追击的各部队将领不问有罪无罪，任意杀罚……战火所及的地区，景象极其悲惨。但愿上帝不要让人看到这种毫无意义和残酷无情的俄国叛乱。那些异想天开、妄图在我们国家实行变革的人，要么太幼稚，要么不了解我国人民，要么就是一些生性残酷的人，把别人的脑袋，也把自己的脖子看得不值一文。

普加乔夫被伊·伊·米赫尔孙追赶得到处逃窜。不久我们就听说他的军队被彻底击溃。终于格里尼约夫从他的将军处得到自封皇帝已被捕获的消息，同时也接到停止追击的命令。终于我可以回家了。我真是欢喜如狂；可是有一种奇怪的感觉使我欢乐的心蒙上一层阴影。

图书在版编目（CIP）数据

上尉的女儿 /（俄罗斯）普希金著；力冈译 . -- 北京：作家出版社，2023.10

ISBN 978-7-5212-2594-5

Ⅰ.①上… Ⅱ.①普…②力… Ⅲ.①长篇小说—俄罗斯—近代 Ⅳ.① I512.44

中国国家版本馆 CIP 数据核字（2023）第 215524 号

上尉的女儿

作　　者：	［俄］普希金
译　　者：	力　冈
责任编辑：	田一秀
装帧设计：	棱角视觉
出版发行：	作家出版社有限公司
社　　址：	北京农展馆南里 10 号　　邮　　编：100125
电话传真：	86-10-65067186（发行中心及邮购部）
	86-10-65004079（总编室）

E-mail:zuojia @ zuojia.net.cn

http://www.zuojiachubanshe.com

印　　刷：	三河市北燕印装有限公司
成品尺寸：	128×175
字　　数：	96 千
印　　张：	6.125
版　　次：	2023 年 10 月第 1 版
印　　次：	2023 年 10 月第 1 次印刷

ISBN 978-7-5212-2594-5

定　　价：58.00 元